海中要塞《シーフォートレス》撃沈指令

UNICOON

大石英司

Ohishi Eiji

目次

プロローグ

――アメリカ合衆国ユタ州グリーンリバー近郊――


漆黒の闇に、容赦のない雨が降り続いていた。

ステーションワゴンを丘の中腹へと乗り入れると、道幅が狭くなり、極端にスピードを落とさねばならなかった。車止めのポールを抜いた跡があり、落ち葉が踏み固められた道が、所々川になっている。

フラッドライトに、水しぶきが反射する。

ステアリングを切りながら、ケイン・J・メトカーフ陸軍少佐は、一瞬GPSのモニターに視線をくれて、車が道を逸れていないことを確認した。

緩やかな坂道を、一キロほど上った所で開けた場所に出た。

レンジローバーの隣で、マグライトをぐるぐる回して誘導している男がいた。

メトカーフ少佐は、ゆっくりとブレーキを踏み込み、レンジローバーの隣にステーションワゴンを停止させた。

窓を細めに開けると、途端に雨が吹き込んでくる。男が、マグライトの灯りをメトカーフに浴びせかけた。

「ＦＢＩのカーペンターだ」

「陸軍のメトカーフ少佐です」

カーペンターと名乗った男は、マグライトで自分の顔を照らして見せた。中国系の顔立ちだなと思った。

メトカーフは、ヘルメットを被ってポンチョを羽織り、荷台のドアを開けて車を降りた。ブーツが三センチほど地面にめり込んだ。迫撃砲を撃つには、あまり理想的な場所とは言えなかった。

「ひどい天気になった……」

カーペンターは、作業するメトカーフの足下を照らしながら話しかけた。

「こういう天気こそ理想的だ。効果範囲を限定できる。この辺りに固い地面はないかな？」

「何処も似たようなものさ」

メトカーフは、自分のマグライトで辺りを照らし、少しでもましな場所を探した。スコップを出し、まず少し露出している地面の周りを掘って、水の迂回路を作った。

「あと、一五分ほどだが、大丈夫かね？　下に連絡を取って延ばしてもいいが……」

「いや、その必要はない。全員の待避は確認してあるんだろうね？」

「ああ、あの忌々《いまいま》しいテンプルから半径一〇〇〇メートル以内には、路上にシェパードが数匹鎖に繋がれているだけだ」

「グラウンドゼロからどのくらいの距離だい？」

「五〇〇メートル」

「雨の状況にもよるが、大丈夫だろう」

「核シェルター用の地下室に潜んでいたらどうする？」

「シェルターの厚さや距離にもよるが……、その辺りのことは機密事項でね、俺も詳しくは知らない。シミュレーションした連中は大丈夫だと言っている」

「うまく行って貰わないと困るが、残念だな。奴らを裁判に引きずり出したかった。最初に殺された二人のＦＢＩは、アカデミーでのクラスメートだった」

「まあ、麻薬取締官、ＦＢＩ含めて二〇名もの犠牲を払い、三ヶ月も立て籠もられたんじゃ、こういう結論もやむをえまい。何人ぐらいいるんだ？」

「確認した所では、未成年者二五名、妊婦を含む女性が五〇名、総勢一二五名と聞いている。みんなイカれた奴らだ。何か証拠は残るのかい？」

「爆発音は、恐らく半径一〇〇〇メートルほどまで響くだろう。破片は無い。いかなる破片も蒸発する」

「弾着修正の必要はないのか？　派遣人員は君一人の様子だったが」

メトカーフ少佐は、慣れた手つきでイスラエル製ソルタム一二〇ミリ迫撃砲を担ぎ出すと、広げたシートの上で組み立てを始めた。

　まず、砲を固定するための、円盤形のベースプレートを固定した。それだけで数十キロもの重さがあった。

「命中率は、誤差にして、一〇メートルかそこいらだ。誘導方法は主に二種類ある。赤外線映像と、ＧＰＳ。この天気では、ちょっと赤外線映像による誘導が難しいんで、ＧＰＳの誘導オンリーになる。弾頭は、高度一万フィートまで補助ロケット弾で上昇したあと、自由落下に移る。その過程で、ＧＰＳデータを取得する。落下の途中で軌道が安定してくると、最終ターミナルで、再度ブースターに点火する。最後は、弾丸並みのスピードで目標に突っ込み、セットした高度で爆発する。迫撃砲というよりは、ミサイルに近い」

「なんでその……、巡航ミサイルとかじゃいけないんだ？」

「仕掛けが大がかりになる。ランチャーとしてのトラックがもう一台必要になるし、それは結局の所、機動力を損なうのでね。こいつは元々、中東や南米のアメリカに敵対する指導者や、麻薬王とかを暗殺するために開発された。たとえば、森林の一軒家や、砂漠のテントに対して使った場合、テント一枚吹き飛ばすことなく、中に居る人間を確実に殺傷できる。死因は解らない。その全システムを、一人で持ち運びできるんだ。迫撃砲の利点はそこでね」

「なるほど……」

メトカーフ少佐は、砲身を立てると、ＧＰＳデータとコンパスを使い、ほんの三分余りで、砲身の向きと角度を固定させた。

それから、再び車へと戻り、スーツケースほどもあるバッグを降ろし、一メートルほどの長さのあるキャニスターを抱えて砲身のそばに降ろした。

「でかいんだね……」

「ああ。普通のブースター型迫撃砲弾より、まだ長い。ただし、実際の弾頭部は、二分の一程度の大きさに収まっている。起爆システム、誘導システム、ほとんどがそれらの容積だ」

少佐は、キャニスターのパネルを開き、ハンディ・キーボードのプラグを接続し、発射データを砲弾の誘導プログラムへインプットした。

パネルの液晶表示がカウントダウンを始める。

「五分以内に発射されないと、インプットしたデータは一度キャンセルされる」

予定時間まで、まだ四分余りあった。雨は、容赦なく降り続いていた。

「ちょっと、下に準備完了の無線を送ってくる」

カーペンター捜査官は、レンジローバーの無線機で下のＦＢＩ作戦本部基地と連絡を取り合い、最後の発射命令を暗号符丁によって再確認した。

発射後直ちに撤収できるよう、周囲を照らして辺りを確認しながら、少佐が佇む場所まで戻る。五〇メートルほどを歩く間、「大量虐殺」という言葉が頭から離れなかった。

「こんな虐殺、隠し通せると思うかい？」

「それは無理だ。いかなる秘密も、最後には結局、万人が知ることになる。まあ、今回のケースは、比較的隠蔽し易いだろうとは思うが。集団で毒を呷《あお》ったことになるんだろう。軍が、その辺りの知恵も出してくれるはずだ。自然現象説を取るなら、二酸化炭素噴出、毒ガス説を取るなら、硫化水素説とかある。全体の状況が、これらの有毒ガス災害に似ているんだ。しばらくは、せいぜいX－ファイルのネタに使われるかも知れないがね」

「過去にも、これを使ったことはあるのかい？」

「あるとも無いとも言えないな。ただし、自然現象による二酸化炭素噴出災害の何件かは、この爆弾のせいかも知れない。まあ、こんな大人数を相手に使うのは初めてだろう」

「グラウンドゼロから三〇〇メートルの電柱の上に、偵察用のカメラが設置してある。結果があったかどうかはそれで解ると言っている……」

「うん。たぶん、一瞬で解るだろう」

一分を切った所で、少佐は弾頭部分を両手で抱え、胸に抱いた。

「お祈りでもするかい？」

「いや、あいにく宗教には無縁でね。これで家に帰れるかと思うとほっとするよ。あんたは単独行動なのかい？」

「いや、観測チームも入っている。観測機器を搭載した無人偵察機《プレデター》が、雲の上高度一五〇〇〇フィートを三〇分前から旋回している。音は聞こえないがね。実戦データを得られる機会は限られている」

砲弾と同調しているキャニスターの液晶パネルのカウントダウンが、三〇秒を切った。

メトカーフ少佐は、耐熱手袋の両手でしっかりと砲弾の中ほどを掴むと、砲口に砲弾を掲げた。

「ちょっと頼む。まず、マグライトを地面に置き、両耳を覆ってから、すまないが、このパネルの数字をカウントダウンしてくれ」

カーペンターは言われた通りにし、両手で耳を覆い、赤い数字をカウントダウンし始めた。

「一五秒だ。9、8、7……」

少佐は、大きく息を吸い込むと、ゆっくり吐き出しながら、カウントダウン2秒で、砲弾を砲口に落とした。同時に、砲身脇に身を屈める。

ポン！　という音を残して、砲弾は雲の中へと消えていった。

爆発音を直接耳にした人間は、そのせいぜい十数秒後には息絶えていた。

外部でそれを察知した監視カメラは、しばらく瞬いた後、プッツリと信号が途絶して、攻撃の効果があったことを確認した。

ただし、ＦＢＩは、安全のため、翌朝までは、踏み込まないことになっていた。

「失敗しても二発目は無いし、ここでは成功を確かめる術もない。急いで撤収しよう」

カーペンターは、シートを畳み、キャニスターを片づける手伝いをした。少佐はてきぱきと迫撃砲を分解し、ステーションワゴンへと積み込んだ。

二人は、最後に冷えきった手で短い握手を交わした。

「われわれは共に、与えられた任務を果たした。それだけのことだ」

「ああ、そう考えることにするよ」

少佐のステーションワゴンは、カーペンター捜査官のレンジローバーとは距離を保ち、別々に丘を降りた。

翌朝、軍の別のチームがそのエリアに入り、轍《わだち》に至るまで、彼らがそこに留まった痕跡を跡形無く消し去るはずだった。

三ヶ月間にわたり立て籠もりを続けたカルト教団は、集団自殺という選択で社会に応えた。しばらくは、その死因を疑う者はいなかった。

第一章　ライトニング

ふいの電話って奴には、ろくなものは無いな……と、ジョナサン・ハワード・グローリア陸軍少将は思った。

太陽が砂漠の彼方へと傾き、気温が一気に下がり、モハーベ砂漠のLセクションから遠く離れた町の場末のバーで一杯引っかけて帰ろうと制服を脱ごうとしている時には、とりわけそうだと思った。

奇妙なことに、彼は陸軍の人間でありながら、空軍の管制エリアで暮らしていた。

彼が指揮するのは、戦車部隊ではなく、地球をほんの二、三時間で一周するスーパープレーンだった。一回飛行するごとに、ちょっとした第三世界の国家予算を食いつぶすほどの金喰い虫だった。

電話をかけてきたブル・メイヤと呼ばれるメナハム・メイヤは、国連のダークな部分を受け持つ一匹狼で、ホワイトハウスにも近い男だった。

グローリアに対しては、いつも風上に立ってものを言う男だった。

「シーデビルが黒海に向かっているのは知っているかね？」

「訓練と聞いていているが？」

「ああ、つい昨日まではその予定だった。間もなく、海兵隊のハリアー戦闘機と合流するはずだ。ＳＨＡＤＷの発進準備をしておいてくれ。われわれは今クリティカルな状況に陥りつつある」

「何処で？」

「チェチェンだ」

「あそこはロシア領じゃなかったのかい？」

「先週から、うちの若い者が入って、人捜ししていた。それが見付かりそうなんでね」

「タクシーを拾って駅まで行き、列車に乗せるんだな。あるいは、ロシアの軍高官に金を握らせ、専用機を用意させればいい」

「そうはいかんから苦労している。おたくの大統領からの要請なんだ」

「なんで私の所へ直接来ずにそっちへ行くんだ？」

「私はホワイトハウスと懇意にさせて貰っているのでね。ウクライナに、核廃棄の確認と工場閉鎖のアドバイスに派遣されていた核物理学者が二週間前行方不明になった。それで、ロスアラモスだのＭＩＴだのＵＣＬＡだのといった連中が騒いで、私の所に捜索願が来たんだ。彼の頭の中に入っているものがものだからな、ロシアを不用意に係わらせるわけにも行かない。自前で脱出路を探さねばならない」

「ちょっと待て……」

　将軍は受話器を握ったまま、チャートラックに歩み寄り、チェチェン付近のＯＮＣ航空図を開いた。

「シーデビル搭載のヘリでは済まないのか？」

「単機では危険だろう。まず、Ｃ－17にオスプレイを搭載してトルコまで派遣して欲しい。それで現場が危険だと判断したら、ＳＨＡＤＷにも援護に出て貰う。れいのジャンク屋もハマーと一緒に運んでくれ」

「そいつは命令なのか？」

「ああ、もちろん命令だ」

「ロシア軍が大攻勢を掛けつつあると聞いている。裏があるんじゃないのか？」

「あるだろうな」

「いつも君らはそうだ。国連のサロンに集い、命令を下すが、実際に軍を派遣して犠牲を払うわれわれのことなんぞ構いもしない」

「だからこそ国連は機能している。作戦には、ロシアのれいの部隊も参加する。バニッツァ中佐が指揮を取ることになるだろう。そうそう齟齬《そご》を来すことは無いと確信している」

「そう願いたいね。やることはやる。合衆国大統領の命令とあらばな。貴様のためじゃないってことを覚えておいて欲しい」

「それでいい」

グローリア将軍は、忌々しげに受話器を置くと、格納庫六階にあるコマンド・ポストから飛び出し「ガスは何処だ⁉」と怒鳴った。

「スコーピオン・ガスは今日はラスベガスでストック・カー・レースです！」

ガスの右腕のロドリゲス伍長が、ＳＨＡＤＷの腹の下から怒鳴り返した。

「なんだ……、こういう時に。ミドリは何処だ⁉」

「訓練飛行に飛び立つ所です」

「キャンセルだ！　伍長、出撃準備をしろ。Ｃ－17で、大西洋を渡る。裏じゃない。進入は玄関からだ」

将軍は、ガラス張りのコマンド・ポストに引き返すと、次々と命令を下し始めた。まず、Ｃ－17輸送機の手配を付け、離陸しようとするボーイングＭＶ－22オスプレイ垂直離着陸機を呼び出した。

「タモン・リーダー、こちらイソロク。今日のフライトは中止だ。ベガスへ飛んで、ガスを拾って帰って来い。到着する頃には、もうショーは終わっているはずだ」

「了解しました。ミッションですか？」

「そうだ。忌々しいが君の機体も一緒に、経済的手法によりヨーロッパへ飛んで貰う」

「了解しました。少佐を回収して帰還します」

エプロンから、オスプレイが離陸する音が聞こえてくる。チーム・リーダーであるガスが帰ってくるまで、グローリア将軍には、仕事が山ほど残っていた。

ＳＨＡＤＷの離陸に備えて、衛星軌道上にある燃料タンクの軌道変更を行わねばならない。ＳＨＡＤＷ自体も、液体酸素と液体水素の燃料充填準備に入らねばならなかった。

やっかいなことにならねばいいがと思った。七つの海と五大陸を制するアメリカ軍にあっても、自分たちの勢力圏内から、これほど奥深くに入ったエリアで作戦行動を行うのは初めてのことだった。

トイレがあり、暖炉があり、何より屋根がある。

国連職員としてアフリカの辺境地帯で行動していた斗南無湊《となむみなと》にとっては、それで十分だった。

山羊のミルク、こいつは癖があってとても飲めたものじゃないが、何もないよりはましだ。黴の生えたパン。これがこの街の状態を物語っていたが、贅沢を言える立場ではなかった。

「パンで解る……。パンを焼く余裕があるかどうか。あるいは、パン生地が流通しているかどうかで、その街の経済状態が解る。ここロシアではね」

ウクライナ系ロシア人で、チーム・オメガを率いる元ＫＧＢマンのアレクセイ・ニコライビッチ・バニッツァ中佐は、レースのカーテンを引いた窓越に、夜明け時の朝の風景を見遣りながら言った。

冷戦の終了は、奇妙な関係をもたらした。かつては、不安定化工作のスペシャリストとして、彼が成功させた作戦の尻拭いを、斗南無が国連職員として処理していたのだ。

その二人が、今は、世界平和の実現という共通の目標のために、共に危険な任務に就いていた。

「ワインがあれば言うことはないんだが……」

「この次いつ喰えるかも知れない。食べておけよ。俺はあんたたちに狩られる側だったからな、こういう状況に置かれると、いつも喰い物の心配が優先する。ここの主人が、いつまで、われわれに協力してくれるかも解らない。ドル札の信用もこの頃は今一つだからな」

「心配はいらない。この地域ではまだ、ＫＧＢのコネクションが生きている。独特でねぇ、これは。いずれは、この家でわれわれが匿《かくま》われたという事実は村人が知ることとなる。末端のインフォーマーにとっては、それは誇りでもあるんだ。ソヴィエト支配への郷愁もある」

「おっかなびっくりじゃないのかね。またロシア兵がやってくるという懸念があれば、そうそう冷たい態度も取れないだろう」

「君はこの地域には無関係な東洋人だし、私だっていざとなれば、俺はウクライナ人だと開き直れる」

遠くから、戦車のキャタピラ音が響いてくる。ロシア軍の大移動が、昨日から始まっていた。

「検問を越えなけりゃ、話にならん。航空優勢がロシア軍にあるのであれば、そう大っぴらにシーデビルの支援を仰ぐのもどうかと思う」

「指揮系統が滅茶苦茶だからな、私も自分の地位を振りかざすようなことはしたくない。ここへ派遣された連中は、皆貧乏くじを引かされた奴らばかりで殺気立っている」

「あの部隊の三分の一は、故郷へ帰れない。不毛な内戦だ」

「有意義な内戦などあるものか……。内戦で得をするのは、外国勢力だけだ」

「経験者は語るって奴だな」

「ああ、来た来た……」

玄関のカウベルが鳴らされると、家人がドアを開け、こっそりと誰かを招き入れた。軽い足取りが階段を上って来る。

「やあ、兄弟、モルゾフ！　元気そうで何よりだ」

バニッツァ中佐は、大げさなそぶりで、入ってきた小男を抱きしめた。

「よせ、この疫病神が……」

モルゾフと呼ばれた男は、不機嫌な顔でその抱擁を解いた。

「紹介しよう。ミナト・トナムだ。日本人だ。こいつが、噂のイワン・モルゾフだ。すまないがモルゾフ、英語で説明してくれ。彼はロシア語が苦手でね」

「ＫＧＢの新しいスポンサーは日本人かい？」

「まあ、そんな所だ。金払いがいいんでね」

「感心しないなぁ、中佐。ここでは、ロシア人は歓迎されない。ロシアのために働いているウクライナ人とて同様だ」

「この内戦では、ロシア人住民だって犠牲になっている。そうそう危険はないさ」

「せめて、イングーシ辺りへ脱出した方がいいんじゃないのか？」

モルゾフは、ベッドに腰を下ろすと、ザックからウォッカの小瓶を取り出した。

「再会の土産だ。てっきりあんたは、西側の企業と組んで警備会社でもやっているんだと思っていたよ」

「そんなに世の中はうまい話だけじゃないさ。私は分相応を知っているつもりでね。第一、ガードマンの真似事は性に合わない」

「核物理学者だって？」

「ああ、アメリカ人だ。キエフのホテルを出た後、行方不明になった。ダゲスタンのマハチカラで目撃情報があった。ドイツ人の物理学者が、カスピ海沿岸を旅行中、マハチカラのホテルで見かけて声を掛けたが、人違いだと否定されたそうだ」

「そのドイツ人は、なんでまたダゲスタン辺りにいたんだ？」

「それがちと微妙な所でね、どうも核兵器開発への参加を打診されたらしい」

「誰から？　ダゲスタンの共和国政府から？」

「違うと思うがな、その辺りのことは良く解っていないんだ。ひょっとしたら、そこに秘密があるかも知れない」

「それは救出しろということなのか？　それとも、奪還、あるいは暗殺しろということなのか？」

「状況によるだろう。表向きは救出だ」

「そいつは難しいな。出直した方がいいと思うぞ。せめて一ヶ月後」

「もし、そのアメリカ人が核開発に携わっているとしたら、破滅的な結果を招く恐れがある。今度のロシアの大攻勢が本格的になる前に、捜し出したい」

「マハチカラへは行ってみたのか？」

「先週までいた。収穫はゼロだ。あんたの密輸ルートに頼る以外にない」

「良かろう。見返りを期待していいんだろうな？」

「もちろんだ。武器、ドル、何でも約束は果たす」

「調べてみる。二、三日くれ。ところで中佐、終わったら、さっさと出ていってくれよ。イマム・アルバミと悶着を起こされるのは困る」

「ふん……」

バニッツァ中佐は、視線を逸らしてあざ笑った。

「元気かい？　奴は」

「ああ、いいお客だ。私は、商売相手としても、コーカサス人としても、彼を尊敬している。昔の遺恨を持ち出して、われわれの希望の芽を摘むようなことはして欲しくない」

「遺恨なんざありはしないさ。私は奴に借りがあるし、彼も私に借りがある。二人はライバルだった。それだけのことだ」

「何か解ったら連絡する。インマルサットの電話番号だ」

モルゾフは、紙切れに数字を書き殴って渡した。

「たぶんアメリカは盗聴しているだろうが、まあ、国連の仕事じゃ構わないだろう。この頃は、われわれもサイバー革命の恩恵を十分に受けている」

「よろしく頼むよ。このウォッカの礼も含めて、きっちりお礼はさせて貰う」

「期待させて貰うぞ」

モルゾフが降りて行くと、斗南無は、「聞いてない話ばかりだな……」と不満げに漏らした。

「イマム・アルバミは、ロシア政府の指名手配リストの先頭に名を連ねる男だぞ。病院、学校での大量誘拐。妊婦の下腹へ容赦なく蹴りを入れるような男だ」

「案外鈍いじゃないか、ミナト。奴はロシア軍で不正規戦のスペシャリストだった。私と顔見知りであって当然じゃないか。イエメン、アンゴラ、カイロ、奴と組んだ仕事は山のようにある。私も彼もロシア人じゃなかった。だから、とりわけ結びつきは強かった。冷戦が終わり、私は薄給に耐えている所を、国連という再就職先を見つけた。奴は故郷へ帰り、独立の英雄となった。それだけのことだ」

「中佐、あんたが、ロシア政府からどういう命令を受けたか知らないが、われわれがここへ来た目的を忘れないでくれ。国連は誰にも味方しないし、アメリカがかなり無理をして、ライトニングを捜していることにも、きっと裏があるんだから」

「そうだろうな……。ライトニングの資料は、こっちにも無いんだ。核兵器の設計に携わっていたという以外、まったく解っていない。いったい何者なのか……」

「モルゾフというのは、インフォーマーという話だった。武器密輸業者だったという話も聞いていない」

「奴は信用できる。イスラム系のグルジア人でな。しかもコーカサス。この辺りの人種のルーツは、俺も正確には説明できん。イラン工作で、随分彼の手助けを得た。ダゲスタン、チェチェン、イングーシと渡り歩いて商売している」

「彼は何処から武器を調達しているんだい？」

「ロシアからは無論、アルメニア、トルコからも買っているみたいだ。ロシア政府は、チェチェンを相手に戦っている裏で、連中に武器を供給するモルゾフに様々な便宜供与を授けている。このエリアには、われわれが信頼できる友人は少ないのでね。ま、一杯やろうじゃないか？」

「もし、何処かでアルバミとばったり出くわしたらどうするんだ？」

「予《あらかじ》め教えておこう。政府からは、暗殺し、殺害の証拠として指の一本も持ち帰れと命ぜられている。チーム・オメガは、そのための派遣だ」

「冗談はよせ！　こんな所で、ロシア軍の手先を務めるために、危険を冒しているわけじゃない」

「もし、アルバミがライトニングの誘拐に係わっているのであれば、どの道彼との対決は避けられない。彼の私兵集団より、私のチーム・オメガの方が戦力的には上だ。心配はいらない」

「あんた自身はどうなんだね？　個人的な復讐心とかあるのかい？」

「モルゾフに話した通りだ。公式には、無い。非公式には、ちょっと解らないな。彼の反応にもよる。その場にならないと解らないよ。いろいろと訳有りでね」

「良く解らないんだが、どうして彼はあんたやロシアを憎むんだ？　ただの民族的な恨みなのか？」

「それはたぶん無い。私にしろ奴にしろ、完全にロシア式の教育を受けた。彼の反ロシアはただのポーズだよ。勘弁してくれ、ミナト。これはちょっと……、簡単には説明できない。だが、約束するよ。面倒なことは俺もご免だ。できれば何事もなく、国連の任務だけを片づけてここを脱出したい」

「そうしてくれ。俺は、君らの個人的な確執に巻き込まれたくはないし、ロシアの内政問題にも介入するのはまっぴらだ。ブル・メイヤが何を考えているかは知らんがね」

「信じているよ」

信じる以外なかった。このエリアは斗南無には、何の地理感覚も無い。道端で放り出されたら、ハンカチを振って誰かに助けを求めるしか無かった。

ブル・メイヤにまたしてもはめられたという後悔が湧いてきた。だが、彼には逃げ場が無かった。


ミドリ・ムライ・ロックウェル大尉は、真っ暗闇の砂漠の彼方に、ラスベガスの騒々しい街の灯りを左手に見ながら飛んでいた。

暗視ゴーグルの中に、砂漠地帯を派手にバウンドしながら、ランデブー地点に向かってくる車が見えた。

「まさか、あれごと運んで帰れって言うつもりなの？」

新しくコーパイとしてチームに加わったミッシェル・パークス中尉は、やはり陸軍のヘリ・パイロットで、長らくアパッチ戦闘ヘリの戦技研究に携わっていた。

チームＳＨＡＤＷは、陸軍空軍の寄せ集めだった。スーパー・ハイ・アルティチュード・ディープ・ストライク・ウイング（超高高度侵攻作戦機）ＳＨＡＤＷ自体は空軍スペース・コマンドの所属だが、それが搭載するＭＶ－22オスプレイのパイロットは、海軍のロックウェル大尉に、陸軍のパークス中尉。そして、チームＳＨＡＤＷを率いるのは、陸軍の将軍だった。

海兵隊のハリアー戦闘機が加わることで、これで四軍の軍人が揃うことになる。

ロックウェル大尉は、オスプレイをホバリングへの遷移モードに入れながら、ウォーキートーキーで下の人間を呼び出した。

「少佐、もう二〇度左へヘディングして下さい。フラットな地形があります」

「了解。もう二〇度だな……」

しばらくすると、下の車が止まり、フラッドライトをパッシングさせた。フラッドライトは片目だった。

ロックウェル大尉は、着陸地点上空で二周してから機体を降ろし、後部のランプドアを開いた。

「少佐、そのポンコツも乗せるんですか？」

「ポンコツじゃない。戦友と呼んでくれ。もちろんだよ」

「ご自分で固定して下さいね。ロードマスターなんか乗って無いんですから」

エンジンを咳込ませながら、オペルのオメガ・ワゴンが載ってくる。ロックウェル大尉は、砂漠の砂を避けるために、早々とドアを閉じた。

スコーピオン・ガスこと、ガス・マーク・ラッツィ少佐がドアを蹴り上げて、ボロボロになったワゴンから降りてくる。

大尉が後ろを振り返ると、フラッドライトのフレームが外れ掛けていた。フロントガラスは、跡形もなかった。

「少佐、それで公道を走るのはまずいんじゃありません？」

「だから砂漠地帯を走ってきた。さすがにドイツ車だ。頑丈だよ」

少佐は、素早くタイヤを固定して回った。

ヘルメットを被り、ヘッドセットのイヤープラグを繋ぎながら、補助シートに腰を下ろす。

「ベルトをどうぞ。もったいないわ。いい車なのに」

「新車で三万ドルぐらいかな。俺が買った時は五〇〇〇ドルだったが。残念ながら優勝を逃したので、今日の儲けは参加費用の五〇〇ドルだけだが、何、こいつのこつは摑んだ。次回は優勝するさ」

「離陸します――」

機体は、その場に三分と佇むことなく離陸した。

「私の楽しみを邪魔したのは誰だい？　ヘル・メイヤかい？」

「ブルですよ。彼の前でヘル・メイヤなんて呼ばないで下さいね。これから、C－17でトルコ基地へ飛び、黒海遊弋《ゆうよく》中のシーデビルと合流するそうです。その後のことまでは、聞いてません」

「やれやれ、人使いの荒いことで……。チームを連れていっていいのかい？」

「解りません。場所が場所ですから、チーム・オメガがいるんじゃないでしょうか。われわれは先行し、もし情勢が急変したら、ＳＨＡＤＷで回収して貰えるそうです」

「了解。ブリーフィングの前に、シャワーを浴びる暇があるといいがな」

ロックウェル大尉は、高度を取りながら、機体をＬセクションへと向けた。

ここまで来てベガスに降りずに引き返す、こちらの無念さも少しは感じ取って欲しいものだと思った。

ショーのひとつも見たかったのに、明日は戦地かと思うと残念だった。

スティーブン・S・ステアー少佐は、操縦する海兵隊のマクドネル・ダグラスAV－8BハリアーⅡプラスを雲の下へと降ろし始めた。太陽が丁度水平線上に現れ、キャノピーの縁を神々しく染めて行く。

雲を抜けると、少佐は、機体を左右に傾け、海面を観察した。無線は使わない約束になっていた。こちらも、レーダーは使わないことになっていた。

ナビゲーション・システムが、予定通りのポイントに到達したことを知らせると、少佐は舌打ちしながら、旋回飛行に移った。燃料が気になっていた。相手は影も形もない。これからまたトルコまで帰るとなるとことだった。

腕時計をチェックして、きっかり五分間、その場に留まることにした。それで目標が現れなければ、帰還することになっていた。

日本海軍のフネにしては、だらしがないと思った。

少佐は、二分ほど経た所で、海面に奇妙な二筋の波紋が延びていることに気付いた。微かに延びるその波紋は、少佐が見ているその瞬間も、まだ成長を続けていた。

「なんだこいつ?……」

高度を下げながら針路を固定する。赤外線センサーのモニターをチェックすると、何やら熱を帯びた物体が、海面に漂っていた。そこにあることになっていた。

異様に巨大な物体だった。

速度を落とし、遷移モードへと移る。左翼下方に波紋を見るよう占位する。二本の筋の外周に、微かに気泡が見えた。巨大な潜水艦が、海中を高速で移動しているみたいだった。

少佐が更に近づこうとした瞬間、突然、空中に光のボールが現れた。咄嗟に機体を捻り、それを避けようとする。一瞬、火の玉かと思ったが、違った。

まるで航行灯か翼端灯のように規則的に瞬いているのが解った。やがて、靄のように海面が揺らぎ始めた。少佐は、危険を感じてゆっくりとその海域から離れ始めた。

海兵隊パイロットとして、プラズマに遭遇したことも、もっと不思議な体験をしたこともあるが、こんなのは初めてだった。

そして、ほんの数秒も経たない瞬間に、数千トンの、優美なフォルムを持つ双胴船が、その靄の中から姿を現した。

「そんなバカな⁉……」

少佐は我が目を疑った。

デッキにクロス・マークが出現し、「着陸せよ！」の文字が船腹に表示された。

「やれやれ……」

少佐はパワーを絞り、ハリアーをそのクロス・マークの中心部に着陸させた。真正面で、整備員が慣れない手つきで誘導灯を振っていた。

デッキを囲むように作られた両側の壁のような構造物のドアが開き、ラダーが出てくる。

エンジンをカットしてキャノピーを押し上げる。ラダーを上ってきたのは女だった。

「シーデビルへようこそ！　副長の桜沢彩夏《さくらざわあやか》三佐です」

少佐は、ベルトを外して立ち上がると、短く敬礼した。

「少佐、ラダーを降りたら海面へドボンということは無いだろうね」

「大丈夫です。すみません、驚かして」

「機体はこのままでいいのかな？」

「エレベータで下へ降ろします。整備クルーは、後続の部隊と今日の夜までには到着する予定になっています」

「そりゃありがたい」

少佐はヘルメットを脱いでデッキへ飛び降りると、周囲を見渡した。何も無かった。そこはフライト・デッキそのもので、海面が両側の壁で見えないことを除けば、障害物となるものも無かった。

「ちょっと邪魔だね。この壁は」

「ええ、飛行デッキをレーダーからステルス化するためです。設計上の失敗だったと、今では誰もが認めています。ブリッジにご案内します」

その壁の中へと入る。窓はなく、電気配線のチューブが数本走っているだけだった。

「その……、私はこの船の要目に関して知る権利があると思うがね？」

「ええ、もちろん。正式名称は〝ゆきかぜ〟ですが、皆〝シーデビル〟と呼んでいます。沖縄近辺で麻薬取締に当たっていたものですから、その頃、密輸業者にそう呼ばれていました。五〇〇〇トンあります。ウェーブピアサー、波浪貫通型の双胴船で、最高速力は五〇ノット強でます」

「ステルスは？　私は五〇〇フィート以下まで近づいたのに、海面しか見えなかった」

「アクティブ・タイプのステルスです。われわれは、少佐の位置から、本鑑がどう見えるかを計算し、そこから見えるであろう、もっとも自然な映像を計算して、ビジュアル表示させます。この船体の外板は、強化プラスティックに覆われたとても高価なディスプレイ装置です。少佐が見たのは、波ではなく、波の映像です」

「なるほど……」

ラッタルを上り、ブリッジへと上がる。良く日焼けして、口髭を生やした艦長の片《かた》瀬《せ》寛《ひろし》二佐が出迎えた。

「合衆国海兵隊のスティーブン・S・ステアー少佐です。シーデビルへの乗艦許可を願います」

「ご苦労少佐。乗艦を許可する。驚かせて済まなかったな。君がどういう反応を示すか、ちょっと確かめたかった」

「合格ですかな？」

「もちろん。われわれは、極めて特殊な作戦に駆り出されることが多いのでね、臨機応変、特殊な才能を身に付けた人々を欲している」

「どうやら、私は合格してしまったようですな」

「桜沢君が艦内を隈無く案内してクルーを紹介します。まあ、何事も日本式なので窮屈かも知れないが、辛抱して下さい」

「心配ご無用。昔、日系の女性と付き合ってましてね、ほんのちょっとだが、岩国にいたこともあるので」

「そう。ならば、昼食は日本食でもかまいませんな」

「もちろん。ヘルシーなワショクがいいですねぇ。サシミでもスシでも。何でも大歓迎だ」

桜沢副長は、少佐を促し、まずブリッジ真下の、ＣＩＣルームへと招いた。卓球台ほどもある、水平表示のディスプレイに少佐は興味をそそられた。

「壁に表示した方が、より多くの人間が見られるのに……」

「ええ。ただ、大人数が額を寄せ合って作戦を練るには、床に置かれたチャートの方が便利ですから。そういう思想です。この下が士官居住区。乗組員は全員で五〇名足らずです。飛行班まで含めて」

「ハリアーの武器はどうなっている？」

「明日の朝までには、ピストン輸送されるはずです。われわれは普段、多目的用のヘリで行動していますが、制空権不足にいつも悩まされてきました。オスプレイですら、何度も危機的状況に陥りました。そのために、ハリアーの試験運用をしたいのです」

「ハリアーだってフランカーと互角に戦えるわけじゃない。君らは国へ帰るチャンスはあるのかい？」

「整備がありますから、三ヶ月以上の長期ミッションは組みません。いざとなれば、喜望峰回りでも、一〇日で日本まで行けます。まあ、この頃我が国もＰＫＯで世界中に要員を派遣していますから、われわれの置かれた環境がとりわけ劣悪というわけではありません。一般兵曹に至るまで、二人部屋を実現していますから、まだ恵まれた方です」

「指揮権はどうなっている？　こいつはグローリア将軍の指揮下にあるのかい？」

「いえ、本艦に指揮権を行使できるのは、ブル・メイヤだけです。いかなる形でも、アメリカ軍の指揮は受けません。公式にはね。ＳＨＡＤＷとて、公式にはＵＮＩＣＯＮ（国際連合統合指令作戦機構）の指揮下に入っているわけですから」

「怪しい組織だよなぁ……。実際に上級司令部としてのＵＮＩＣＯＯＮがあるわけじゃないんだろう？　ただ、ブル・メイヤの一言で、いろんな部隊が勝手にＵＮＩＣＯＯＮの指揮下に入るなんて、なんとなく納得出来ないな。命を賭ける旗を代えるというのはさ」

「そうですか？　私は、何処で働こうが、世界平和が達成されるのであれば、それで良しと考えますが。日本的な甘い考えかも知れませんが」

「この五〇年、アメリカは多くの血を流しすぎた。そういう理想論は、たぶんベトナムで捨てたんだと思うな」

「少佐はどうして、ＵＮＩＣＯＯＮに？」

「四軍の評価センターに席を置いていたことがある。今ＳＨＡＤＷのパイロットをやっている空軍のガストン大佐に引っ張り出された。面白い仕事だからやってみろって。居着くかどうかは解らないが。新しもの好きなんでね」

「きっと気に入って貰えると思いますわ」

「ああ、チェチェン上空に単機侵入なんていう無茶なミッションが無ければね。この艦のデッキは、ハリアーの離着陸に耐えられるのかい？」

「はい。それを前提に設計しました。最大四機程度は、格納庫に収容できます。飛行甲板自体は、ハリアーの熱風に耐えられるようになっています。ただし、スキージャンプ台があるわけではないので、その行動はだいぶ制限されますが」

「それが痛いんだよなぁ……。日本は軽空母を買うっていう噂があるじゃないか？」

「無いでしょう。この船自体、バブルの絶頂期に造られましたが、二番艦の話はありませんから、軽空母なんてとても無理です」

「そいつは残念だな。ハリアーⅡプラスはいい性能だ。日本がユーザーになってくれれば、次期垂直離着陸機の開発計画にも弾みがつくんだが」

デッキのエレベータが降りるアラームが鳴った。

「ハリアーが格納されます。格納庫へ降ります？」

「ああ。見せてくれ。オスプレイのような大型機でも収納できるのかい？」

「ええ。問題有りません」

二人は、ラッタルを降りて格納庫へと向かった。

「このフネにもカミダナはあるのかい？」

「ええ。士官公室に。日本語を学ばれたんですか？」

「岩国にいた頃は英語で済んでいたのでね、ほとんど勉強することは無かった。彼女から習った。私が付き合っていた日系人は、日本にいたことはまったく無いのに、日本人以上に流暢な日本語を喋ると言われていた。語学の天才でね、陸軍の語学研究所からスカウトされたほどの人間だった」

「独身でいらっしゃるんですか?」

「ああ、大昔一度だけ結婚したよ。私は失敗に学ぶ男なんだ。だから、もう結婚はしない」

格納庫には、エレベータで降ろされたハリアーが、中央に鎮座していた。後方に、ヘリコプターが一機いた。

「変わったヘリだな。ものは何だね?」

「われわれはコマンチと呼んでいます。S－76を、ファンテイルにしたものです。メーカーが、コマンチ・ヘリ用の評価データを得るために作ったテストベッドです」

「そんなものがあったのかい」

「副操縦士は、海上保安庁の女性パイロットです。このフネの建造費用は、海上保安庁からも予算が出ているものですから」

「海軍の空母で海兵隊の戦闘機を運用するようなものだな。ところで、君らは、今回の任務の内容を聞いているのかい?」

「いえ。具体的なことは何も。ブル・メイヤはいつもそうですけれど。人質になったアメリカ人科学者が救出できそうだから、待機しろという、それだけです。少佐は何かご存じですか?」

「とんでもない。たぶん、後続の連中が何か情報を持っているだろうとは思うがね」

少佐は、ハリアーが固定されるのを満足げな顔で確認してから、割り当てられた自室へ案内された。

快適な任務になりそうだというのが、少佐の第一印象だった。

ラッツィ少佐がLセクションの仮眠室でシャワーを浴びる頃には、空軍が差し回したC－17輸送機が、ハンガーの前で、オスプレイやハマーの搭乗を待って待機していた。

少佐は、この次は髭を剃る暇があればいいがと思いながらシャワーを浴びた。

コマンド・ポストに顔を出すと、部下のエーリッヒ・ハウンゼン少佐がてきぱきと出発準備を整えていた。

本当は、チームSHADWの歩兵部門は、陸軍士官学校で後輩だった彼が指揮を執る予定だったが、グローリア将軍が強引に予備役に退いてストック・カー・レースにうつつを抜かしていたガスを呼び戻したのだった。

「ガス、遅いじゃないか⁉」

グローリア将軍は、地図の山に埋もれながら怒鳴った。

「将軍、たった二時間で地球の裏側まで駆けつけられるからといって、救急車代わりに使われたんじゃ叶わないですよ。俺は今日は非番だったんですから」

「文句を言うな。この金喰い虫のＳＨＡＤＷを宣伝するいい機会だ。とりわけホワイトハウスにな」

「もし、失敗したらどうするんです？　ＳＨＡＤＷを投入してまで作戦に失敗したとなれば、こんなの、半年で砂漠の展示品リスト入りですよ」

「失敗は許されない。われわれの任務はいつもそうだ。そのために、貴様のわがままにも目を瞑っている」

「一度は軍を退いた身ですから。まあ、それはいいです。場所が危険じゃないですか？　ロシア軍がチェチェン・ゲリラに大攻勢を掛けようとしている」

「その通りだ。私もそうヘル・メイヤに主張したがね、奴は聞く耳持たん。残念ながら、ミスター・トナムからはまだまともな連絡は無い。ひょっとしたら、黒海まで飛んで、そこで一週間待機して帰国なんてこともあるかも知れん。そん時は、エーゲ海の孤島になんぞ寄らんで真っ直ぐ帰って来いよ」

「そりゃいいことを聞いた。インターネットでエーゲ海ツアーでも申し込んでおかないと。捜している、ええと……、ライトニングでしたっけ。発見する目処があってのことじゃないんですか？」

「知らん。メイヤの考えていることなぞ」

「そんな無責任な。戦場のまっただ中に放り出そうというのに……」

「だから、貴様に指揮を任せる。とにかく、任務を達成してさっさと帰ってこい。それで、われわれはメイヤのことを、奴が次に電話して来るまで綺麗さっぱり忘れられる。それが俺にとっての最高のバカンスになる」

「ま、ベストを尽くしましょう。お船の上じゃ、ドライブも出来やしませんがね……」

　C－17輸送機は、オスプレイとハマー一台、そしてチームSHADWの歩兵たちを搭載すると、わずか二〇〇〇フィートの滑走で軽々と離陸し、一路東へと針路を取った。

第二章　コーカサス

イマム・アルバミは、暖炉から離れて壁に背中を付け、苛立たしげな表情を示した。

考えていたより、理知的な男だなと、アナスタシア・ジューダエフは思った。

残念ながら、顔が良く見えなかった。削いで落としたような精悍な顔つきの男だと日記にはあったが……。

「何だって？」

アルバミ司令官は、もう一度聞き返した。

「メモリアルです。御存じない？」

「あいにく、モスクワのニュースには疎くてね……」

窓のない部屋で、アナスタシアが、額に傷を負っているのが解った。

「大丈夫かね？　私の部下は、手荒な真似をしたのかね？」

「ええ、少々。でも、大丈夫です。慣れていますから」

乱暴されたという婉曲な表現だったが、アルバミはさして気にする風でもなかった。もし女性への乱暴が容認されているとしたら、この男の資質には問題ありだとアナスタシアは思った。

「メモリアル……。ロシアの原理主義団体の？」

「いいえ。もう一つの、別の団体です」

「ああ、ああ。なんとなく思い出した。ロシアの脱走兵の世話をしている組織だろう？」

「軍がそういう偽情報を流していますが、それはまったくの誤解です。脱走兵に関して、救済を求める声明を出したことはありますが、脱走そのものに手を貸したことはありません。われわれは、当局とは緊張関係にありますが、敵対しているわけではないので」

「当局？　当局って、ロシア政府のことかね？」

「そういうことになります。われわれは非政府の人権団体です」

「誰が資金を出している？」

「カンパです。それに、西側の報道機関からは、僅かばかりの謝礼を受け取ることもあります」

「なるほど。申し訳ないが、われわれに必要なのは、武器であって、説教じゃない」

アルバミは、にべもなく答えた。何処かで聞いた声だなと思ったが、どうしても思い出せなかった。

「ロシア軍の大部隊が迫っています」

「ああ、知っている。撃退するまでのことだ」

「ええ。たぶんそれは可能だと思います。陸軍に関しては、寄せ集めの徴募兵の集まりですから。犠牲は払うことになるでしょうが、たぶん撃退できるでしょう。でも、無益な犠牲です」

「君らロシア人にとってはそうかも知れないが、われわれにとっては違う。意味のある犠牲だ。ここは、ロシア軍にとって第二のアフガンになる。君はいったい、何のために危険を冒してまで、こんな所にやって来たんだね？」

「第一に、戦争の愚かさをあなた方に教育するためです」

二人を囲む兵士たちから、失笑が漏れた。

「第二に、戦場の残虐行為を持ち帰り、市民に訴えるのが目的です。われわれは、ロシア軍の残虐行為も暴くし、チェチェン勢力のそれも暴きます。でも、これで利益を得るのは、どちらかと言えば、あなた方です。厭戦気分を煽るのが目的ですから」

「それはどうも。お礼を言わなければならないな」

「そうですね。停戦交渉のテーブルにつきませんか？」

「君が仲介するのかね？」

「正確には、私の組織が仲介します」

「残念だが、われわれはロシアが吹っ掛けてくるいかなる要求にも応じるつもりはない」

飛行機の爆音が遠くから響いてくる。しばらく会話が途切れた。

「山を降りたまえ。ここにいても利益はないし、われわれはいかなる交渉にも応じるつもりは無い」

「今度の戦闘では、たぶん一〇〇〇人を超える人間が死にます。貴方の判断一つで、それを退けることが出来る」

「ロシア軍の司令官にそう言ってやりたまえ。ここはわれわれの土地だ。ロシア人の土地じゃない。連れて行け。今の爆音はなんだ？」

部下が、アナスタシアの肩に手を掛けた。アナスタシアは、それを振り解き「アリョーシャの最期を教えて！」と叫んだ。

アルバミは、一瞬凍り付いたように瞬きを止めた。

「待て……、待て。えぇい、くそ……。何てことだ。済まないが、外してくれ、みんな」

アルバミは、繰り返し「くそ……」と漏らしながら、部下たちが部屋を出ていくと、陰を抜け出て顔を見せた。

「何者だ、君は？」

「私の旧姓は、アナスタシア・スコートロフ。アリョーシャの妹よ」

「そんなはずはない！　アリョーシャは一人娘だった」

「私が生まれたのは、姉が一〇歳の時で、私が三歳の頃両親が離婚したの。私たち姉妹は付き合いがあったけれど、もちろん別れた親同士は付き合いは無かったわ」

「アリョーシャは一度もそんな話をしたことは無かった」

「私だって、自分から進んでそんな話はしないわ。たとえ相手が恋人でも」

「彼女の遺品の受取人はいないという話だった」

「あなた方が、センターと呼んでいた所では、そういうことになっていた。そういう時代だったんでしょう？　それに、私は姉さんとは対極の立場にいました。何度も喧嘩したわ。私の存在は、姉にとって邪魔でもあったかも知れない。貴方がたが私に関して知らなくても当然です」

「あなた方か……。君は全てを知っているんだな……」

「ええ。ある日、日記が送られてきました。姉が死んで半年以上も経った後にね。その頃、もうソヴィエトは滅茶苦茶だった。センターの検閲を逃れた日記だったわ。きっと、あの混乱のどさくさで誰もまともにチェックしなかったのね」

アルバミは、女に近づき、まじまじとその化粧気のない汚れた顔を見つめた。

「アリョーシャにそっくりだ。目元といい、鼻筋といい……」

「姉は何処でどうやって死んだんです？」

「ああ、それは……。もう終わったことだ」

アルバミは激しく首を振った。

「アナスタシア、君はこんな所にいてはいけない。山脈を越えてグルジア側へ逃げたまえ。向こうで、きちんと脱出できるよう有力者に話を付ける。もちろん護衛を付ける」

「そんなわけには行きません」

「アリョーシャの最期を知ってどうなる？　彼女は国家のために死んだ。旗のために死んだんだ。それでいいじゃないか。残す物も無かった。ドミトリ！」

アルバミは部下を呼んだ。

「アナスタシア、二度とここに近寄るんじゃない。二度と、私の前に現れないでくれ」

がっしりとした体格の大男が現れた。

「ドミトリ、彼女を山越えさせて、モルゾフの手に渡してくれ。モルゾフに、彼女を安全にロシアへ脱出させるよう頼んでくれ。彼女は大切な客だ。もし今度、彼女に指一本でも触れるような奴が居たら、私がこの手で八つ裂きにしてやる。皆に徹底させろ。頼んだぞ」

「貴方は、アリョーシャの亡霊と戦っているんだわ」

「何をばかな……。私は民族のために戦っているんだ」

「また来ます。私は何度でも来ます」

「早く連れて行け！」

　アルバミは、憔悴した顔で客人を追い出した。まるで、亡霊が蘇《よみがえ》ったみたいだと思った。


　斗南無とバニッツァ中佐を乗せたBTR装甲車は、三〇分ほど走って街の中心部にある内務省出張所ビルの三〇〇メートル手前に停止した。

　それ以上は、オートバイ一台進入してはならないことになっていた。兵士たちが一〇メートルごとに立って警戒していた。

　目抜き通りというのに、民間人の人影は皆無だった。破壊され尽くした後では、目抜き通りだったかどうかも怪しいところだったが。

　チェチェンの首都グロズヌイは、その九割が破壊され尽くしていた。

「ここだけだろうな。まともな兵隊がいるのは。対空システムは最新式、戦車は、T－80。装甲車も比較的新しいと言える」

「連中は戦術を知っているのかい？」

「さあ。怪しいもんだな。少なくとも、私の友人でチェチェンに係わっている者は一人もいない。正しく、貧乏くじを引かされた奴らばかりだ。野心家は、こんな問題には首を突っ込まないさ」

「まったく、サラエボを思い出すよ……」

「サラエボはまだいいさ。国際世論が注目し、国連が面倒を見てくれる」

二人は、ロシア軍駐留司令部へ、濡れた道を歩いた。時々路地裏から怒鳴り声が聞こえていた。

「収容所が近いんだよな」

「らしいな……。頭痛の種だよ」

砲撃の痕が残る内務省出張所ビルに入ると、軍曹が二人を三階の一番奥の部屋に案内した。

ドアが開け放たれたその部屋では、チェチェンとグルジアの国境付近のカフカス山脈のジオラマが製作され、数十本の旗が立っていた。

神経質そうな将軍が、脚立の上に腰を降ろし、それを見下ろしていた。

「バニッツァ中佐かね？」

「はい、将軍。こちらがミスター・トナムです。国連の上級職員です」

「まず、突然呼び立てた非礼を詫びよう、ミスター・トナム」

将軍は、訛りの強い英語で喋った。

「私が、この不運な作戦の指揮を執るジョーゼフ・ドグシェント中将だ。聞いての通り、ひどい英語だが、許してくれ。ゴルバチョフが登場して以来、大急ぎでマスターしたものでね」

将軍は、二人にジオラマの近くに寄るよう手招きした。

「だいぶ大がかりな作戦のようですな」

「そうだ。ここグロズヌイ周辺では、ほとんど武装勢力は駆逐したのだがね。連中はダゲスタンやグルジア双方の山岳地帯に逃げ込み、一発撃っては引き揚げるという戦法を取っている。アフガニスタンと一緒さ。彼らは戦場を選べるが、われわれは選べない。お茶ぐらい出す。インスタント・コーヒーでいいかね？」

「いえ、結構です」

「そう言うな。国連の調査員を誘拐して来て、茶も出さなかったでは国際問題になる。君らは街の外に間借りしているそうだね？」

「郊外なら、検問はありませんからね。率直な話、チェチェン・ゲリラともかなり自由に接触できる」

下士官が、壁際の机に置いてあったピクニック用ポットから、プラスティック・コップにコーヒーを注いで、突っ立ったままの二人に手渡した。

「それに干渉するつもりはない。モスクワからは、君たちの調査に、作戦に支障を来さない範囲内で協力しろと命ぜられている。わざわざ来て貰ったのは、それを確認するためだ。つまる所、モスクワとしては、君たちに単独行動を許し、政府の支援を排除するという恰好を取って欲しくないのだ。それではまるで、われわれがこの地域で、実効的支配力を失っているということを認めるようなものだからね」

「解ります。今回の件で、とりわけロシア外務省が不快感を表明していることはわれわれの耳にも入っています」

　斗南無が答えた。

「われわれに命令を出している人間は、いささかその辺りの政治的問題を、いつも無視する傾向がありまして、手足となる私はしばしばそれで迷惑を被っております」

「なるほど、それで目処は付いたのかね？」

「武器密輸業者に捜索願を出してます。連中は、自由に共和国を行き来してますから。当たりがあるかどうかはまだ解りません」

「われわれの作戦は、明日から本格的に開始される。一週間ぐらいが山だろう。それまで、じっとしていることを望む。できれば、街へ入り、われわれの庇護下にいて欲しい。食料、通信施設の使用を含めて、国連スタッフに相応《ふさわ》しい処遇をするつもりだ」

「ありがとうございます。もし、その必要があれば、援助を申し出ます」

「モスクワとしては、君たちに対して、ここが危険地帯であることを警告し、安全に関してアドバイスと援助を申し出たという証拠を残しておいて貰えばいいのだと思うがな」

「ええ。今日中に国連と連絡を取り、現地ロシア軍より、そのような申し出があったことを伝え、後に証拠として残るようにします」

「無理を言って申し訳ない。もしお望みなら、人権団体があれこれ言っているフィルトレーション・キャンプでもご覧に入れるが？　西側はどういう意味で使っているんだね？　中佐」

「フィルトレーションですか？　本来は濾過という意味ですが、選別収容所という意味でしょう」

「ああ、そう。なるほどね。選別しているという話は聞かないな。いったんあそこに入って、まともに出てきた人間はごく僅かだ。この頃は西側の目があるので、そう手荒なことはしていないと聞いているが」

「二〇〇〇人です、将軍。あのキャンプへ送られて、行方不明になったと考えられているチェチェン人は、下に見て二〇〇〇人だと人権団体は判断しています」

　斗南無が冷徹な顔で指摘した。

「二〇〇〇人？　そりゃ凄いな。正直言ってそれが大した数字には思えないが。チェチェンで戦死したロシア軍の兵士は、そろそろ三〇〇〇名に達するかも知れない。チェチェン側はもっとだからな」

「勝ち目はありますか？」

バニッツァは率直に尋ねた。

「中佐、最前線に出てみるといい。逃亡兵を監視するための部隊が別に張り付いている。鹿撃ちの猟犬の方がまだ役に立つよ。われわれがアフガンに投入した一〇分の一以下の兵力と、ポーランド兵以下のレベルの素人集団で、アフガンのゲリラより遥かにロシア人を憎んでいる敵と戦っているんだ。そう勝ち目があるなんてことは考えていないさ。そんなことを思っているのは、クレムリンにいるバカ共だけだろう。私は貧乏くじを引かされたが、どうってことはない。誰かがここへ来なきゃならなかったんだ。作戦が終わったら、西側のエージェントと契約して、回想録でも書くさ」

「幸運を祈っています、将軍」

「気を付けてくれよ。君たちが間借りしている家に歩哨を立てるわけにはいかん。地元民は殺気立っているし、いざ戦闘が本格的になれば、動くものはのべつまくなしに撃たれる羽目になるだろう。ここだって、いつゲリラに襲われるか解らないんだ」

二人は、コーヒーの礼を言い、司令部を後にした。

迂闊にロシア軍やチェチェン・ゲリラの捕虜になり、拷問の挙げ句に殺されるよりは、誤射されて死んだ方がましだなと二人とも思った。

「意外と穏やかな話し合いだったな。ほっとしたよ」

「俺はアフリカ時代、ピストルを振り回す将軍の許に出向いて交渉したことがある。

意志疎通ができるというだけで大成功だね。ブル・メイヤには、そう報告するさ」

「彼らは、ライトニングを横取りする危険があるかな？」

「君が俺に聞いてもしょうがないだろう。こっちが聞きたい」

「ミナト、私は本当に、ライトニングがどういう知識を持っているのか聞いていないんだ。核物理学者であるにもかかわらず、ＫＧＢのデータベースにも無かった。今、ロシアが西側の最新の核物理学の情報を欲しがっているとも思えない。個人的には、そんな意志があるとは思えない。あの将軍だって、ゲリラと戦うだけで精一杯だろう」

「別に俺たちはロシア軍に期待しているわけじゃない。そういうことでいいだろう」

二人は、乗ってきたＢＴＲ装甲車に再び乗り込み、町外れへと向かった。

兵士たちは、皆ぴりぴりしていた。

時々、遠くから銃声が響いている。チェチェンは片づいたというのが、モスクワでのロシア政府の共通認識だった。

「ベトナムみたいなものか……」と、斗南無は呟いていた。

ベンジャミン・ロストウ博士は、鉛を塗った分厚い手袋を付けたままクリーン・ルームに入り、シャワーを浴びた後二分間、熱風を浴び、水滴を蒸発させてから防護服を脱いだ。

大急ぎで作られたクリーン・ルームにしては、良く出来ていると思った。陽光を浴びることなく、すでに五日も閉じこもって研究に没頭していた。ロストウ博士は、隣室で眠気覚ましのガムを拾うと、バルクハッチを潜り、ラダーを上って階上へと顔を出した。

リビング・ルームに顔を出すと、仕立てのいい背広を着こなした男が、ワイン・グラスを持って地図を覗き込んでいた。

「お待たせしました」

「ああ、これは博士。ようやくお目に掛かれましたな」

男は、グラスをテーブルに置くと、満面の笑みをたたえ、握手を求めた。ほのかにオーデコロンの匂いがした。

「私が、ハッサム・シャミールです。まずは、出会いを祝福して乾杯しましょう。この際、私がムスリムだということは忘れて下さい」

「イギリス訛りの英語ですな」

「ええ、私のビジネスは、アメリカよりイギリスが中心でした。さて博士、お掛け下さい。眼が赤いですよ」

「骨休めと称して、だいぶ休む羽目になりましたからね、その遅れを取り返していますす」

シャミールが手を伸ばしてソファを指し示すと、右腕に巻いた派手なブレスレットが覗いた。

二人は乾杯した後、ソファに隣り合って坐った。

「さて、何からお話ししましょう?」

「こちらの計画は順調です。まもなく、最初の一発が完成します。残念ながらまだ、砲弾に組み込みというわけにはいきませんが、ビジネス・バッグで運べる程度には小さく出来たはずです」

「それは凄い! 私が帰国した甲斐があろうというものです」

「貴方はいったい、何者なんですか?」

「石油ビジネスです、私が富を得たのは。イスラム系であるという利点をフルに利用して、中東で暴れ回りました。父は、もともとグルジアの出です。母はダゲスタンの出です。私自身はイギリスで教育を受け、その資産と利権を受け継ぎました。私の夢は、まずダゲスタンを独立させることです。そして黒海、カスピ海に跨る、一大経済圏を作ることです。貴方の協力があれば、それを平和裏に達成できるかも知れない」

「兵隊はいるんですか?」

「もちろんです。多くの人間がこの問題に関わっています。心配はいりません。今度こそ、われわれは独立を達成し、ロシアのくびきから脱します」

「そううまく行けばいいですがね」

ロストウは、この人間のあまりのピュアさに、いささか不安を持った。成金のボンボンという印象だった。

「信用できないという顔つきですな。でも、貴方はあっさりとわれわれのスカウトに応じたじゃないですか？」

「私はポーランド系です。ソヴィエトに報復する機会なくして共産主義が崩壊したのを残念に思っていた。それに、アメリカの軍は私の研究の続行を望まなかった。これがいかに有効な兵器であるかを証明するチャンスが欲しいのだ。それだけの動機だ」

「この〃オセティア〃がいい働きをするでしょう。少なくとも、隠れ家にはなってくれる。貴方を捜す連中は、まさかこんな所にいるとは思わないし、ここに近寄る術は誰も持っていない」

「だが、ここは大量生産に向かない。材料だって、西側からある程度調達せざるを得ない」

「大丈夫です。ダゲスタンやチェチェンでは無理だが、グルジアでは工場の建設も可能です。貴方をマハチカラで保養させてわざと西側の人間に目撃させたのも、捜索の目を逸らすためです」

「ならオデッサでも良かったのに」

「いやいや、博士。嘘にはですね、ほんのちょっぴりの真実が必要なんです。ウクライナはすでに核武装している。貴方を誘拐する理由は無い。だが、チェチェンの近所となると、いやが上にも誘拐の信憑性は増す。だが、捜索は空振りに終わる。そもそも、ロシアは、こんな所でまともな捜索など出来ない。ロシアにとっては、貴方が核兵器開発に携わっているかも知れないというニュースは、いい警告にもなるでしょう」

「貴方が立てた作戦なんですか？」

「私は、こういう性格だし、いい生活を送ってきましたからね、修羅場を見た人々からちょっと頼りないと見られることはあります。でも、実際、オイル・ビジネスは熾烈です。親の遺産を継いだというだけでは、何の意味もありませんでね。白人と勝負するのはたいへんです。連中は平気で、私をリビアやイラクの手先に仕立て上げますからね。実際、アメリカではＣＩＡが堂々と私のオフィスを盗聴するんですから。そっち方面のセンスは、身に付くものです。信じて下さい」

「解りました。私はすでに退路を絶っています。貴方に賭けよう。明日明後日にも試作品を完成して実戦投入させます」

「有り難うございます。ロシア軍の大攻勢に間に合えば言うことはありません」

　二人は、それから共に昼食を取り、少しずつ打ち解けて行った。

　彼の陽気さは今一つ信用できなかったが、アメリカが、自分を手放したことを後悔すればいいと博士は思った。

彼にとっては、ささやかな復讐だった。

夕方、ハマーとチームSHADWのコマンドたちを乗せたオスプレイは、トルコ軍基地を北へと飛び立ち、最後の二〇〇キロを、ウクライナ海軍のレーダー探知を避けて海面すれすれを飛び、シーデビルへと着艦した。

例によって、オスプレイが近づく寸前まで、シーデビルはその姿を海面に溶け込ませていた。

コマンドたちが降りると、ロックウェル大尉は、機体を降りてギアをチョークやチェーンでデッキ上に固定させた。

ブリッジの後部窓では、ハリアーに乗ってきたステアー少佐が、後部デッキを見下ろしながら、「思いがけぬ再会だな……」と呟いていた。

整備クルーとコマンドたちは、ハウンゼン少佐に導かれて科員食堂へと向かった。

ロックウェル大尉とラッツィ少佐は、制服の乱れをチェックし、ブリッジへと向かった。

「日本の自衛隊って、規律に厳しいんだろう？」

ラッツィ少佐が尋ねた。

「ええ、今でも厳しいです。たぶんアメリカ海軍より厳しいでしょう。コマンドの皆さん、窮屈でしょうけれど、辛抱して貰うしかありませんね。ここは日本領土ですから」

薄暮が迫るブリッジに上がり、乗艦許可を求める。ロックウェル大尉は、艦長の背後に立つアメリカ人の顔に、あっと小さく息を呑んだ。

「シーデビルへようこそ。本艦を代表して歓迎する。そろそろ夕食の時間だが、ロックウェル大尉はどうするね？」

「私は、あの……、ハリアーの補給備品を空輸しなければなりません。もう一度トルコ軍基地まで帰還します」

「何なら、僕も同行するが？」

ステアー少佐が申し出た。

「その必要はないわ、スティーブ。私にもコーパイロットはいますから」

大尉はピシャリと言った。

「ほう、知り合いかね」

片瀬艦長が、上品に微笑んだ。

「昔の話です」

ロックウェル大尉は、日本語でさらりとかわした。

「じゃあ、ラッツィ少佐は、われわれと飯に付き合ってくれ」

「喜んで艦長」

ロックウェル大尉は、フライト・プランを取り出し、次の合流ポイントを打ち合わせるために、チャート・デスクに歩み寄った。

桜沢副長がカーテンを引いてライトを灯す。

「お久しぶり、ミドリさん。少佐と訳ありみたいね」

「びっくりですよ。まさかハリアーのパイロットが彼だったなんて……。大学時代の、航空工学の先輩です。彼、いつ来たんです？　彩夏さんやアキちゃん、大丈夫でしょうね？　彼、手が早いんですよ。とりわけオリエンタルに対しては」

「幸い、まだその兆候は無いみたい。今朝来たばかりですから。ブル・メイヤから何か連絡は？」

「いえ。まだ何も。斗南無さんが入っているんでしょう？」

「ええ、バニッツァ中佐と行動を共にしているらしいけれど、こちらにも何の連絡もないわ。本当にライトニングを発見したかどうかも怪しいものね。ライトニングの正体に関してすら、ブル・メイヤは教えないのよ」

「私たちも聞いてません。何をそんなに隠す必要があるのか……」

「私たちは、もう少しグルジア側へ接近するつもりです。チェチェンにロシア軍が大攻勢を掛けるみたいで、空軍の動きが活発になっています」

「ウクライナ海軍に動きは無いんですか?」

「現状では大丈夫です。そちらの方はあまり心配してないわ」

二人は、深夜になる合流ポイントを話し合った。状況が許せば、オスプレイは明日も朝一番で補給輸送に飛び立たねばならなかった。チームSHADW自体、ようやくチームの三分の一の戦力であるAチームを空輸できただけなのだ。

ロックウェル大尉は、ブリーフィングを済ませると、自分のシーバッグをいつもの部屋に放り込み、そそくさとデッキへと出た。

オスプレイのコクピットには、ステアー少佐が座り、パークス中尉と世間話に興じていた。

「ミッシェル、その男と口をきいちゃ駄目、とんだカサノバなんだから」

「おいおい、それは無いだろう。美しい女性を口説くのは、男としての義務だ」

「スティーブ! スティーブン! 昔ならともかく、今じゃセクハラで軍法会議ものよ! のべつまくなしに手を出すのは止めなさい」

「そんなことは無い。君とのことは真剣だったつもりだよ」

「その顔が信用できないのよ。さっさとどいて。私は仕事があるんですから」

「つれないじゃないか?」

「いい？　よりによって、このフネで問題を起こすのは止めて頂戴。われわれの友好関係はとてもうまくいっているんです」

「ああ、スキンシップには大賛成だね」

「とっととどいて！」

大尉は、少佐の腕を引っ張ってコクピットから引きずり出した。

「離れて頂戴！　ローターでミンチにして上げるわよ」

整備クールによって、チョークやチェーンが外されると、ロックウェル大尉は、フライト・チェックもそこそこに機体を離陸させた。

明日からずっとシーデビルで待機する羽目になったら、ことだと思った。


ステアー少佐と、ラッツィ少佐、そしてハウンゼン少佐の三名は、シーデビルの賓客としての待遇を受けた。

空母勤務の経験のあるステアー少佐はともかく、陸軍の二人の士官は、海軍式の、士官だけ隔離されての食事は窮屈そうだった。

シーデビルの士官公室には、コの字型のソファに、四〇インチの大型テレビとビデオ、レーザーディスク・システムが置かれていた。もちろん神棚もあり、お茶を入れるための小さなキッチンはバーカウンターを兼ね――公式には、もちろんアルコール類の搭載は無かった――、コーヒーの香りが漂っていた。

アメリカ人は、それを奇妙な光景だと思った。

「つまる所、われわれが理解できないのは、このアンバランスなんだろうな」

ラッツィ少佐が、部屋の調度品を見回しながら漏らした。

「最新式のビデオ・システムの上に、骨董品屋から借りてきたような神棚がある。それに違和感を持たない民族と競争するというのは、しんどいもんだよ」

「それには同意出来ないな。教室で進化論を教えることを拒否するアメリカ人は、しかし宇宙に行くじゃないか?」

片瀬艦長は反論した。

「日本人だけでもやっかいなのに、この上中国とも付き合わなきゃならん」

「私は心配していない。技術は、音楽みたいなものだ。それを理解する者にとって、国境は無い。中国で技術革命が進めば、それだけ民主主義が進むだろう」

食事を摂るための長いテーブルには、刺繍が施された糊の効いたテーブル・クロスが掛けられていた。

コマンチの副操縦士である水沢亜希子《みずさわあきこ》一等海上保安士だけが、海上保安庁の制服を着用していた。

戦闘班の到着を歓迎しての、刺身の舟盛りでの歓迎だった。

残念ながら、それに驚きを示したのは、ハウンゼン少佐だけだった。ステアー少佐も、ラッツィ少佐も、互いにロックウェル大尉と一緒に日本食の経験があった。

「せっかくの日本料理だけど、驚きが無いのが難点だね」

「ネタは最後に寄港したギリシャの港で仕入れた。ステアー少佐が岩国辺りで食べた瀬戸内のネタと比べては、コックに気の毒だよ」

片瀬艦長は、時々壁に掛かった一七インチの壁掛けディスプレイに視線をやりながら応じた。

そこには、針路速度等、ブリッジの情報がグラフィックス化されて表示されていた。

「俺はベガスやロスの日本料理店でしか経験が無いな。ロックウェル大尉に連れて行って貰った。あいにく、ステアー少佐と違って彼女の手料理はハンバーグ程度しか食べてない」

「気にしないでくれ、ラッツィ少佐。彼女とのことは昔のことだ。私もミドリも若かった。青い学生時代のお話だ。俺は結婚に失敗したし、彼女も大人になったさ。うちのハリアーが副座で無くて残念だ。二人を乗せてやるのに」

ステアー少佐は、桜沢副長と亜希子を好奇の眼差しで見つめた。

「私は飛ぶのは勘弁して下さいな。それに彼女には、そこいらのコマンドより頼りになる機上整備員のフィアンセがいますから」

「そりゃあ、恐ろしい。整備兵と喧嘩して、殺され掛けたパイロットを知っているよ。最高のボディガードだね」

「ええ。その通りです」

亜希子が胸を張って答えた。

「さて、世間話はともかくだな、私は、本来なら今頃飯を喰う間も無く、君らをチェチェンだか、ダゲスタンだかに送り出しているつもりだったんだが、暢気《のんき》に飯なんぞ食べている。いったいこの事態をどう考えるべきだろうね……」

「もし一週間以上掛かるようなら、一度引き返した方がいいんじゃないか?」

ステアー少佐が箸を使いながら言った。その器用さが、岩国で身に付けたものなのか、それともミドリと付き合って得たものなのか、桜沢副長は訝《いぶか》しがった。

「ロシアの今度の大攻勢は本気だ。現地スタッフにも、動くなと命じた方がいい。巻き添えになったらことだ」

「こちらから連絡を取れないんだ。メイヤを経由してしかね。現地人に怪しまれるのを嫌って、連中は無線機ひとつ持たずに入った。いざという時は、バニッツァ中佐がロシア軍と話を付けることになっているが……」

「疑った方がいいと思うな」

「何もかも疑いたいのは、私も同じだが……」

「いや、そもそも、その核物理学者を救出するという目的自体をさ」

「それは、俺も同感だな……」

ラッツィが、フォークで刺身を突つきながら応じた。

「ことが大げさ過ぎる。俺なら、助けるにしても、軍のヘリを金で借り切って脱出させる。その方が安全だ。戦闘部隊が必要であれば、バニッツァ中佐が率いるチーム・オメガがいる。彼の戦力の方があそこではわれわれより確実だ。こちら側と話が付いていれば、トルコ領内へ逃げ込むのもそう難しくはない」

「他の目的を考えた方がいいと？」

「そう。他の、人質救出よりもっとやっかいな仕事をね。斗南無やバニッツァ中佐は、カムフラージュかも知れない。とにかく、メイヤという策士は何を考えているか解らない所があるからね。なんで日本があんな男と仲良くするのか全然解らないよ、俺は……」

「俺は好きだね、ああいう男は。日本の官僚にはいないタイプだ。いざ仕えるとなると、命がけだが」

片瀬艦長は、実際、メイヤという男を買っていた。結局の所、ブル・メイヤという乱暴な男が、貴族社会の国連で今日まで生き延びて来たのも、あの押しの強い性格が、執行機関を持たない国連の舞台で、重宝されたからだった。

日本という金蔓《かねづる》と、メイヤという腕力を失ったら、国連は、明日にも、ただ記者会見を開いて暮らすだけの広報マンのサロンになり果てるというのが、大方の見方だった。

「戦場の指揮官には最適だろうね。躊躇《ためら》いもなく兵士を背後から撃ちそうだ」

「いずれによせ、補給には時間的な猶予がありそうだ。俺のハリアーは、バカスカ物資を喰う」

「俺が率いてきたチームは陸軍であって海兵隊じゃない。こんな窮屈な場所に閉じこめられることに慣れていない。お二人が夜間のワッチでラダーを昇り降りしている隙に襲われない内に、港に入ることを望む」

「あら、ピストルを携帯しても無駄でしょうし、困りますねぇ」

「ラダーの下にワッチを立てよう。配置を考えてくれ。こちらのクルーから一人。少佐のチームから一人、二人一組、二時間交代。こちらは英語の勉強になる。少佐の部隊には、少々苦痛になるだろうが……」

片瀬艦長は即座に決断した。

「まあ、日本語を覚えても使う機会はないでしょうからね。いいでしょう。われわれも退屈せずに済みます」

鍛えぬかれたチームSHADWの兵士たちを信頼していたが、目的も仕事もない集団を長期間、艦内に留め置くのは、どう考えても危険だった。

それでなくても、こちらはこういう紛争地域に隣接した海域では、気の抜けない航海を強いられ、手が回らないのだ。

もし何事も起こる気配がなければ、いったんチームをトルコ軍基地まで引き上げさせた方が無難かも知れないと艦長は思った。


イワン・モルゾフは、カズベク山の麓の街オルジョニキーゼから、山へと入ったセーフハウスの一つにいた。

部下たちは、店じまいの準備に追われていた。あるだけの弾薬を、女を連れて来たドミトリのトラックに積んだ。

夜だというのに、攻撃ヘリが頭上を舞っていた。

「大丈夫かい？　ドミトリ」

「連中のヘリは、道路には近づかない。われわれがそれを地対空ミサイルで狙っているのを知っているからな。こんな所で撃墜されても、助けは来ないことを彼らは学んだはずだ。当分は大丈夫だろう」

「司令官によろしく伝えてくれ。女は預かった。必ず安全な場所まで送り届けると」

「あんたも気を付けてな」

　トラックのエンジン音が遠ざかって行くと、モルゾフは、隙間だらけの炭焼き小屋で、ランプを灯し、まじまじと女の顔を見た。

「あまり時間が無い。ここも安全とは言えないのでね。間もなく、ロシア軍の戦車部隊が上って来る。アナスタシア・スコートロフだって？」

「それは旧姓です。今はジューダエフ姓です」

「どっちでもいいさ。顔を見せてくれ……」

　モルゾフは、汚れた手でアナスタシアの短い髪を掴み、乱暴に顔を上げさせた。しげしげと見つめる表情に、驚きが宿っていた。

「……驚いたな。まるで一〇年前に帰ったみたいだ。しかも、アリョーシャより美人と来ている。アリョーシャは、そんなに美人じゃなかった。スパイは目立つわけには行かないからな。だが、人を惹《ひ》き付ける魅力を持っていた。人権擁護団体だって？」

「ええそうです。チェチェンでの虐殺行為を調査するのが第一の目的。そして、ここでの無益な戦争を止めさせるのが第二です」

「そりゃあご立派だな。さしずめ、私のような武器商人は悪魔の権化として扱われるんだろうな」

「当然です」

　部下がトラックのエンジンを掛け、モルゾフに急ぐよう声を掛けた。

「さて、間もなくロシアの大部隊がここを上がってくる。われわれも逃げなきゃならない」

「逃げて下さいな。私はここに残り、ロシア軍の捕虜となります」

「連中は、捕虜扱いなんかしてくれないよ。動物並みの扱いをされて、そこいらへんの崖に立たされて撃たれるのがおちだ。戦場を支配するのは理性じゃない。ロシア軍が、住民に対してどんな仕打ちをしたか知っているだろう？」

「ええ、良く知ってます。チェチェン・ゲリラからも、私は似たような仕打ちを受けましたから」

「では大人しく帰ることだ。何事にもタイミングがある。今は最悪だ」

「だから、私が来たんです」

「わからん女だな。交渉だとか説得だとかは、政府を退いた人間が、バックチャンネルでもって時間を掛けて行うものだ。あんたがやるべきことは、クレムリンの前でプラカードを掲げてデモすることとさ」

「時代は変わったんです。草の根が政府を動かす。本当に、コーカサスがロシアからの独立を望むのであれば、協力して下さい」

「そいつはどうだろうな。われわれはコーカサスであると同時に、ムスリムであり、ロシア語を母国語として育った。夏場は羊を追うが、それ以外はロシア各地で出稼ぎとして働いて来た。ロシアの援助なしには暮らせない。そういう体質にしたのはロシアだがね」

戦車のキャタピラ音が、谷間からこだまして来る。

「とにかくトラックに乗れ。あんたの巻き添えで死ぬのはまっぴらだ」

アナスタシアは、やむなくトラックの助手席に乗り込んだ。

モルゾフは、先行する二台のトラックの運転手に何かを命じると、自分は一番最後のトラックの運転席の真ん中に座り、まだ少年の部下に運転を命じた。

「息子のイワノフだ。これでも商売の役に立つ」

「子供まで戦場に連れ込むんですか？」

「仕事を覚えるのに早すぎることはない」

トラックは、ライトを消したまま、崖っぷちの細い道路を疾走し始めた。

「グルジアへ帰るんですか？」

「あいにくそんな暇は無い。だが、アルバミには義理があるんでね、それに、アリョーシャの妹ともなると、無下にも出来まい」

「陽気なコーカサシアンって、貴方のことですね？　姉の日記にあったわ」

激しく揺れる車内で、モルゾフは全身を震わせて笑い転げた。

「ハッハッ！　あの頃は俺も若くてね、みんな若かったよ……。俺たちにとって、冷戦は最高の舞台だった。役者振りは二流だったが、それなりに楽しんだ」

一〇分も走ると、チェチェン・ゲリラの検問所があった。そこでも、兵士たちは帰り支度をしていた。

モルゾフは、窓越しに声を掛けた。

「もうすぐ戦車が来るぞ。急げよみんな！」

兵士たちの半分は、まだ幼い童顔だった。

「子供たちだけでも載せていきましょう」

「その必要はない。連中はもう大人だ。さてアナスタシア、もう五〇〇メートルも山を上ると、道が二手に別れる。右へ行けば山の北側へ降りる。左へと上れば、アルバミの陣地、更にグルジア側へと続く。どうしたものかね……」

「右へ行けば、やはりロシア軍が上って来るんでしょう？」

「いや、この前の戦闘で、道路が崩されて、不通になっている。ゲリラ掃討任務の特殊部隊は潜んでいるだろうが、戦車の出迎えに遭うことはない。不通個所からは、羊飼いに扮しての歩きとなる。獣道を夜通し歩いても、朝までに麓の集落に辿り着くのは無理だ。どうするね？」

「途中から道路に出れば、ロシア軍の兵士と会えるわけでしょう？」

「その前に埋められた地雷で吹っ飛ぶよ。獣道だって、安全じゃない。この辺りではまだ狼が出る」

アナスタシアは、不思議な顔で、この老兵の横顔を覗き込んだ。月明かりに照らされて、皺を彫り込んだ顔が、物憂げに何かを訴えている様子だった。

「理由は何です。貴方が私を送ってくれる理由は？」

「バニッツァが、グロズヌイの近くにいる。国連職員としてね」

「バニッツァ中佐ですか？」

「そうだ。公式には、人捜しが目的だ。非公式な任務があるかどうかは解らない。彼に会うといい」

「なぜ？……」

「バニエッツァとアルバミが再会したら、良からぬ事態に陥りそうな気がする」

アナスタシアは、国連職員という部分に引っかかった。

「国連職員って、何をやっているんですか？」

「さあ。そこまでは知らんね。確かなことは、彼らはチェチェンでの残虐行為に興味は持っていない」

「ぜひお願いします」

「まあ、いいだろう。アルバミはなんとか誤魔化すさ。イワノフ、右だ」

モルゾフは、隊列から離れて、山を降り始めた。

ニューヨークの国連本部ビルの瀟洒なオフィスで、豊かな口髭を生やした男は、窓辺から自由の女神像を見遣り、腕組みして溜息を漏らした。

彼は、身長が二メートル近くもあったが、五〇歳代とは思えぬほど精悍な顔つきで、腹も引っ込み、髪も黒々としていた。

パリッと糊が効いたスーツを着こなし、その物腰は、完全に西側ナイズされていた。僅かに、英語にロシア訛りを感じさせる程度だった。

「何も言ってこないのか？」

「今のところはな」

ブル・メイヤは、マホガニー製の重厚なテーブルの向こうから、ぶっきらぼうに答えた。

「どうしてこう君らの情報機関は役立ずなんだ？」

「グルジアは独立したし、ダゲスタンも独立で揺れている。そんな所にまともな情報網など持てるものか……。君たちの頭にある都市という代物は、ほんの僅かしかない。ほとんどは、せいぜい数百戸の集落に過ぎない」

「田舎自慢なら、私の方が上だぞ。アフリカの集落とコーカサスのそれとじゃ、まだ君らの方が文明的だろう？」

「ソヴィエトがあの三国を支配していた頃、われわれはまあ平和に暮らしていた。男たちは羊を追い、女たちは牛の乳を搾り、チーズを作るのが日課だった。一度羊を連れて出ると、二ヶ月は家へは帰らない。情報も何もあったもんじゃない」

「だが、彼はあんな所には逃げ込まない。本当にそうだと思うのか？」

「間違いない。あれは偽装誘拐だ」

「それを言うんなら、工場なんかないだろう？　研究施設があるような大学の数は限られている」

「工場なんか何処にでも作れるさ。日本の宗教団体を見てみろ。誰も気付かない内に、堂々と毒ガス工場を作ったじゃないか。もしロシアが敗退し、チェチェンが独立するようなことになれば、コーカサスの平和は崩壊する。三ヶ国、ひょっとしたら四ヶ国が入り乱れて場所取りに、果てしない闘いを繰り広げる羽目になるだろう。この闘いは、なんとしてもロシアに勝って貰わねばならない」

「複雑なんだな……」

「ハッサム・シャミールが消えた。たぶん、この件に絡んでいる。いろいろと危ない物資を探し回っていたという情報がある」

「そっちでも捜しているんだろうな？」

「もちろんだ。見通しは暗いがね。ウクライナに入った所までは突き止めた」

「まずはロシア軍の健闘に期待しようじゃないか？」

「ライトニングが仕事していなければ、勝ち目はある。もし彼の理論が実践に移されていたら、全ては水泡と帰すだろう」

「私は負ける方に賭けるな。あんな広大なエリアを、たかだか数個師団の戦車や武装ヘリで制圧できるものでもない。チェチェン・ゲリラは闘い慣れている。秘密兵器が無くても連中は敗退するよ。君は甘い。君の見通しはいつも甘い。エリートという奴はこれだからな」

「私ですら甘いか。モスクワへ帰ればお前は心配性だと詰《なじ》られるがな」

「しばらく待つさ。戦闘が始まれば、情報も動くだろう」

男は、窓際から離れてメイヤのデスクに詰め寄り睨み付けた。

「やるべきことはやってくれよな」

「全力を尽くすとも。無用な紛争の芽を摘み取るのが私の仕事だ。ボスニアで手一杯なのに、これ以上のやっかいごとを抱え込みたくは無いからな」

ラルス・ツァムス・ロシア大使館参事官は、壁のデジタル時計を一瞥した。

彼の故郷は、もう深夜だった。

羊飼い《チャヴァン》の男たちは、猟銃を抱えたまま、出没する狼を警戒しているはずだった。

モスクワで育った彼自身は、その経験はなかった。

だが、ラルス・ツァムスの中には、コーカサスの血が脈々と流れていた。

第三章　アナスタシア

モルゾフは、トラックをブッシュの中へ乗り入れて放置すると、猟銃を担いで獣道へと分け入った。

同じく猟銃を担ぐ息子が、五〇メートルほど先を歩いていた。

高度があるせいで、ブッシュはそれほど深くは無く、足下も明るい方だった。

モルゾフは、その荒涼とした土地で、巧みに雑木林を掻き分けて歩いた。

アナスタシアは、目を皿のようにして足下を確かめながら歩いた。さすがに都会暮らしの彼女には、深夜の山歩きは危険だった。

「姉の最期を知りたいんです。モスクワで、イマム・アルバミに関して調べていたら、姉のことが原因で体制批判を持つようになったと聞きました。内務省辺りで、かつて彼の上司や同僚だった連中はみんなそう言ってました」

「それをあんた直接、アルバミに尋ねたのかい？」

「ええ。だいぶ狼狽してました」

「あいにく、俺は知らない。アリョーシャの最期のミッションには、俺は同行しなかった。だから、彼女の身の上に起こった出来事に関して、正確に教えることが出来ない。アルバミか、バニッツァから直接聞くしかないな。だが、そのモスクワの話は尾鰭が付いていると思う。アルバミは、そんな柔な男じゃない」

話の半分は嘘だった。

「じゃあなぜ病院を襲ったりするんです」

「全部、彼がKGBで学んだことさ。驚くには当たらない。騎士道を貫けるほど、われわれは恵まれていない。俺個人としては、ロシア兵の残虐行為についてあれこれ言うつもりはないがね。戦争ってのは、所詮そんなものだ。最初はスーツを着ていても、殴り合いを始めれば自然と汚れるものだ」

「私たちの運動は、モスクワでは支持を得ています」

「そいつは結構。その意気で、あの戦車部隊を押し返してくれ。対戦車ヘリもな」

「貴方は何でこんな商売を？」

「喰うためさ。コーカサスの男たちは、必要なものを売る。それが商売人の務めだ。銃が必要なら銃を売る。棺桶が必要なら、それも売る。何か問題でも？」

「貴方は混乱の種を蒔いているのね」

「それはモスクワへ帰ってから、ワインを飲みながら共産主義を懐かしむ連中にでも言ってやってくれ。私が調達した武器は、せいぜい二、三〇〇人分の武器に過ぎない。ま、ロシア軍の武器はだいぶ買ってやったがね。昨日までゲリラ掃討に当たっていた連中が、任期が終わり間際になると、こっそり私を訪ねて来るんだ。私が買った武器や弾薬は、戦闘中の損耗としてモスクワに報告される。戦争なんてのは、そんなものだ」

対戦車ヘリの爆音が、稜線下から突然響いてくる。モルゾフは、不用意に動かずに、その場に身を伏せた。

「ロシア軍は本気らしいな。以前は夜なんて絶対飛ばなかったのに。そんなに複雑じゃない、アナスタシア。少なくともボスニアに比べればましな方だ。われわれは皆ムスリムだし、コーカサスだ。そりゃあ確かに、グルジアにせよ、チェチェンにせよ、大量のロシア人が住んでいることは確かだがね、連中はどうしてもここで暮らしたいのであれば、同化せざるを得ない。民族主義的な力を持ち得るようなパワーは無い。連中は、今発言すれば家を焼かれることを良く知っている。ロシアが撤退すれば済む話だ」

「それでどうやって暮らして行くんです？」

ヘリが去って行くと、モルゾフは、短く口笛を鳴らして、先頭を歩く息子を促した。

「また羊飼いに戻る……。と言いたい所だか、そんなに簡単に行かないことは私も知っている。コーカサスはロシアの援助無しにはやって行けないだろう。チェチェン・マフィアは、モスクワというマーケットが無ければやって行けない。つまる所、われわれが望むのは、主従関係ではなく、対等な外交関係だ。対等な外交を結んでの付き合いをして貰えればいいんだ。チェチェンが独立したいと言うんなら、させてやればいい」

「ロシアは分裂するわ。みんな独立して」

「独立したがっている国々は、どれも皆ロシアにとってお荷物なだけじゃないか。資源がある地方は、どうせロシアの技術なしにはやって行けない。君は反対なのかね？」

「国境に固執するなんて無意味だわ。時代はボーダレスなのに」

「われわれは、国境を知らない。自分たちの旗を掲げた記憶がない。一度ぐらい裸の王様を体験させるのもいいだろう」

三人は、まったく休むことなく、三時間以上も、ごつごつした岩場を歩き通した。弱音ひとつ吐かずに必死に付いてくるアナスタシアを、モルゾフは気に入った様子だ。

この粘り強さは、姉譲りだなと思った。

オスプレイの帰還は、深夜十一時を回っていた。

ステアー少佐は、ハリアーの弾薬パレットを吊り下げたオスプレイが、デッキに着艦する様子をシーデビルのＣＩＣルームで見守っていた。

電子探知のＥＳＭデータが、グルジア上空を飛ぶロシア共和国の早期警戒管制機のレーダー波を捕捉していた。

「妙だなぁ……。グルジアって独立国だろ？　なんでロシアの軍用機がこうも縦横無尽に飛び回るんだ？」

「チェチェン・ゲリラは、グルジアにとっても頭痛の種なんじゃないですか？」

桜沢副長は、着艦するオスプレイをモニターで見守りながら応じた。

「君たちは、その辺りのことを調べたのかね？」

「ＣＩＡの情報はありません。ＣＩＡがテキサス大学のサイトに提供したコーカサスの民族分布地図はゲットしましたけどね」

「へえ、ＣＩＡは今、そんなことをやっているのかね？」

「ご覧に入れますよ……」

桜沢は、ラップトップ・パソコンの一つにその画像を呼び出した。コーカサスの地図が、国境線に関係なく、まるでカリフラワーの花が咲き乱れるようにカラフルに塗られていた。

「オセティアですが、グルジアはチェチェンとの国境付近に、南と北に分かれた民族紛争を抱えている。北オセティアと南オセティアのね」

「まるでボスニアの地図を見るようだな。いくら払ったんだね？」

「電話代だけです。シーデビルから直接アクセスしたので、船舶電話代を払いましたけど」

「ただで？」

「ええ。インターネットのウェッブ上にありますよ。ヤフーで検索を掛ければ出てきます。まあ、ＣＩＡも時代の移り変わりを認めたということでしょう」

「なんてこったい。数百万ドルも掛けたスパイ衛星が撮影して、スパイが命がけで収集して来た情報が、ウェッブ上で、ハッカーのさらし者にされているってのかね。世も末だね」

「そうですか？　情報を独占する時代は終わったんです。少しでも多くの人間が多くの選択肢に恵まれれば、人間は猜疑心を捨て、和解できるかも知れなくてよ」

「海兵隊じゃ、そんなネンネの意見は通用しない」

突然、スピーカーから、ロックウェル大尉のがなり声が響いた。

「スティーブ！　あんたの荷物なんですからね。さっさと手伝いに来なさい！」

「整備クルーがいるんだ……。と伝えてくれ」

「いいんですか？」

「後で慰めてやるさ。それより、俺はグルジアの方が気になる。本当にそれだけかな……」

「グルジアの大統領は、ゴルバチョフ政権下でペレストロイカの旗を振っていた人間でしょう？　何か思うところはあるかも知れないけれど、あまり巻き込まれたくないというのが率直な所じゃないかしら」

「それなら、チェチェンと適当に組んだ方がいい。ロシアはグルジアに攻め入るわけにはいかないいんだからな」

「もしチェチェンを勢いづかせたら、グルジアの民族問題に火を点けることになるんじゃなくて？　あちら立てればこちら立たずじゃないの」

「まあ、そうだろうがね。気を付けた方がいいと思うな。どちらへ行くかはっきりしていない連中は警戒するにこしたことはない」

「それはそうですね」

「じゃ、ちょっと手伝って来るよ」

　少佐がデッキへ出ると、昼間とは違い、冷え込んだ風が吹いていた。

　弾薬パレットがフライト・デッキの片隅へ移動させられ、オスプレイは翼を畳もうとしていた。

　スキアー少佐は、コクピットの下から、ラダー・ペダルの辺りをコツコツ叩き、「何をやれだって？」と尋ねた。

「あんたの荷物なんですから、弾を安全な制限区画へ降ろして頂戴」

「楽しかったかい？　ナイト・フライトは」

「何が楽しくて、こんな夜中にトルコ軍のレーダーを誤魔化して超低空で一時間も飛ぶもんですか。神経を使い果たしたわよ」

オスプレイがローターを閉じて翼を畳むと、エレベータにステアーを載せたまま格納庫へと降ろされた。

さすがにオスプレイとハリアーが鎮座すると、体育館ほどはあるシーデビルの格納庫も手狭に見えた。

ステアーは、開け放たれた後部ドアから機内に入ると、「シャワーでもどうだい？」と声を掛けた。

「デブリーフィングがありますから。レディース・エリアに近づかないでよ。軍法会議に訴えてやるから。ここが神経を使う場所だってことも覚えておいて頂戴。真っ先にお呼びが掛かるのは貴方なんですからね」

「冗談だろ。こんな敵地で僚機も無く任務を行えってのは自殺しろってのと同じ事だぞ」

「シーデビルも、われわれＳＨＡＤＷチームも、それをずっとやって来たんです。国連の旗の下に。それを受け入れられないのであれば、さっさと帰って貴方の代わりを遣して頂戴な」

「堅いこと言うなよ、ミドリ。こうして再会できたのも何かの縁というものだぜ」

「じゃあ、何か良からぬことが始まるってことね」

ミドリは、フライトバッグを持つと、機内の電源を全て落とし、パークス中尉に続いてコクピットを出た。

「フライトスーツぐらい着てなさい、スティーブ。いつスクランブルが掛かるか解らないんですから」

「お休みかい？」

「そう、お休み。あなたはブリーフィング・ルームで寝なさい」

ミドリは、マグライトを持って機体を一周してからパークス中尉をガードするような仕草で、ＣＩＣルームへと消えた。

シーデビルは、グルジアの沿岸から領海線ぎりぎりの辺りを遊弋していた。


一晩中、戦車を始めとする大型車両の移動が続いた。

大通りから五〇〇メートルは入った田舎道に立つ家ですら、それが響いてきた。

「今のが三八両目のＴ－80だ。全部で二〇〇両ちょっと。一個師団は山へ入っている」

バニッツァ中佐は、ベッドに横になったまま地響きをカウントしていた。

「戦車なんぞ、あんな険しい山に入れてどうするんだ？」

斗南無は、ベッドで寝返りを打ちながら尋ねた。

「陣地として使える。歩兵には、それで十分な安心材料になる。対戦車ヘリは、あまり嬉しくないいな」

「どうして？」

「連中は、敵味方の区別をしない。地上で動くものなら、豚だって撃つ。危なっかしくて、とても味方としては頼れないよ。アフガンでの教訓だ」

「チェチェンはいったん退くんだろう？　それで、ゲリラ戦を展開してロシア軍に厭戦気分が蔓延する頃、大攻勢を掛ければいい。チェチェンにとっては、ここが故郷だが、ロシア兵にとっては外国だからな」

「何処から、金が出るのか不思議だよ。兵隊の給料すら満足に払えないのに。一ヶ月もこんな所に留まったひには、ロシアの国家財政は崩壊する。しかも、山岳地帯での戦闘は、有利とは言えない。グロズヌイひとつすら満足に守りきっていないロシア軍が、なんでこんな冒険を犯すのか疑問だね。俺なら、首都周辺の制圧だけで満足するが……」

「誰が命令しているんだ？」

「さあ、俺も知らんよ。こんな無駄な戦さは、誰か大統領府の人間がストップを掛けるべきなんだがね、いずこも同じ、政争でそれどころじゃない。ここで点数を稼げると思った連中がいるんだろう。しばらくは静かになるはずだ。夜明けまで寝かせて貰おうぜ」

「そうさせて貰うよ。明日は、ブル・メイヤとコンタクトを取ってみよう。脱出した方が無難かも知れない」

眠りに就く二人は、シーデビルが山脈を越えた黒海で待機していることを知らされていなかった。


ジョーゼフ・ドグシェント中将は、夜明け間近の冷え切った作戦室で、マールボロを立て続けに吸いながら、完成しつつあるジオラマを見下ろしていた。

朝、町中にいた戦車部隊のほとんどが、カズベク山へと向かっていた。

移動がすんなり行きすぎて、ちょっと拍子抜けだった。同時に、グロズヌイ周辺が手薄なことが気に掛かった。

町中を検問で囲んでいるのにもかかわらず、幾度と無くグロズヌイはチェチェン・ゲリラの襲撃に曝され、一度ならず陥落した。連中は、ある日突然町中に溢れ、あっという間に主要施設を占拠して狼煙《のろし》を上げるのだ。

ソファに足を預けてうたた寝している男に向かって、ドグシェント将軍は、「最初のハードルは越えたな……」と呟いた。

男は、もそもそ起きあがり、腕時計を見てから口を開いた。

「こんな所で引っかかってくれても困るよ」

グルジア共和国外務次官のダジル・トリスポイは、上半身を起こすと、背広の皺を気にしながら腰を上げた。

「クレムリンのバカどもがなんて言ったと思う？　三ヶ月だ。最大見積もっても三ヶ月で引き揚げろだ」

「その三ヶ月で、チェチェン・ゲリラを一掃できれば、不可能なことじゃない」

「ああ、グルジアやダゲスタンからの武器供給を絶つことが出来れば、確かに不可能じゃないだろうな。だが今は、いかにモスクワを欺《あざむ》くかを考えた方がいい。何しろ、このエリア一帯を長期にわたって制圧しなきゃならない。連中にその意図を悟られることなく」

「私の政府には、その必要は無かったかも知れないという議論が未だにある」

「世界経済に影響を及ぼすだろう。何より、ロシアは困る。ことが公になれば、三ヶ国、少なくとも五つの民族が、この辺りの覇権を確立するまで、半永久的に争う羽目になる。予防外交も楽じゃない」

「国連のスタッフはどうするんだ？」

「君らが呼んだんじゃないのか？」

「いや、政府関係を当たってみたし、国連大使にも照会してみたが、知らないという」

「じゃあ、本当に人捜しが目的かも知れない。たいした動きも収穫も無い様子だった。消すのか？」

「まさか。ブル・メイヤという男は、得体の知れない男だ。奴の注目を集めるようなことはしたくない。われわれの妨害をするんでなければ放っておくさ」

「てっきり、君たちが誘拐したんだと思ったよ」

「核物理学者を？……。核武装するような金があるんなら、われわれはヘリでも買っているよ。それに、その人物はカスピ海沿岸で目撃されたんだろう？　われわれは無関係だ。だが、その国連スタッフには注意を払った方がいい。とにかく、メイヤという男は油断できない」

　斗南無らが訪れた時には無かった黄色いテープが、山脈を囲うように張られていた。

「これが神の恵みか、悪魔の前菜か知りたい所だな」

「恵みには思えないな。災難の種だ。もし核爆弾で吹き飛ばせるものなら、私はそうしたいよ」

　付近に立て籠もるゲリラを排除するのは容易い。ほんの三日もあれば済む。問題は、その状態を維持することだった。

　もしロシア軍の意図を感づかれたら、彼らはたちまち周辺の対立する民族間で停戦協定を結び、ロシア軍に対する大規模な戦闘を開始するだろう。

その後、誰が勝ち残ったにせよ、紛争は永遠に繰り広げられることになる。ドグシェント将軍が受けた命令は、これまでのゲリラ掃討とは、だいぶ趣が違っていたが、困難さにおいても、およそ不可能に近いものがあった。


ハッサム・シャミールは、司令官室のベッドで眠っていた所を起こされた。鼻に付く油の臭いはヨットで慣れている。だが、窓がないというのは、少々気が滅入る所だった。

シャミールは、インターカムに手を伸ばす前に、ベッドサイドのライトを灯して時計を見た。

「なんだね?」

「衛星電話が入ってます。相手はあまり待てないと言ってますが……」

「こっちへ繋げられるかね?」

「ええ。出来ます」

「じゃあ、頼む」

回線が切り替わるプチッという音がした瞬間、シャミールは、「お早う」と電話口に喋った。

「困るじゃないか⁉　こっちは危険を冒してコンタクトを取っているんだぞ。五分も待たされた」

「電話代は支払うとも、ミスター」

シャミールは、その醜い嗄れ声の持ち主を思い出した。

「大佐、こんな時間に何だね？」

「お早うということは、あんたは俺とたいして時差が無い所にいるってわけだ」

「そういうことらしい。君たちに面倒は掛けないよ。断って置くが、クルドと組むつもりは無い。彼らを支援する気もない」

「私は危険を冒しているんだぞ」

「君らに感づかれるような真似をしたつもりは無いんだがね……」

「米軍が出ている。場所は解らないが、ハリアー戦闘機や輸送ヘリが黒海の北へ飛んでいったまま帰ってこない」

「空母でもいるのか？」

「とんでもない。いかなる米軍の軍艦も海峡を抜けちゃいない。だが、何かがグルジア沿岸に潜んでいることは確かだ」

「空母がいる可能性はあるのか？」

「それは絶対にない。俺は現にオペレーション・ルームに入って、米軍やロシア軍の配置を見ているんだ。われわれに隠れて行動するようなことがあれば、それはそれで解る。飛来したハリアーや輸送ヘリについて、米軍内では箝口令《かんこうれい》が敷かれている。そんなに大きくはないはずだ。輸送ヘリはハリアー戦闘機の武器類をピストン輸送しているらしいが。ひょっとしたら、貨物船か何かのスパイ船かも知れない」

「ロシア軍に動きは?」

「連中は本気だぞ。何をしでかすつもりなんだ?」

「何も。繰り返すが、君たちに迷惑を掛けるような真似はしない。もちろん、米軍が出なければならないような事態に陥ることも無い。もし、何かが潜んでいるとしても、心配するほどのことはない。だが、わざわざ警告してくれたことには感謝するよ。礼は弾む」

「もちろんだ。我が国にとばっちりがくるような形で騒動を起こされるのは困る。面倒は起こさんでくれよ」

シャミールは、受話器を置くと、もう一度時計を見てから髭を剃り、身支度を整えて部屋の外へ出た。もう照明は暗視照明から昼間照明に変わっていた。

その照明の移り変わりが、ここが潜水艦の艦内であることを思い起こさせた。

シャミールが外へ出ると、乗務員たちは、すでに朝食を終えて配置に就いていた。

発令所に顔を出すと、潜望鏡に取り付く艦長の後ろ姿が見えた。

ドミトリィ・アバスナミ大佐はペリスコープに顔を埋めたまま、「お早いですな」と英語で挨拶した。

「お早う艦長。ちょっといいかな？」

「しばらく……。トロール船が一隻付近にいるもので……」

だが、大佐は、潜望鏡をほんの一周旋回させただけで降ろした。

「ソナー探知を続けよ。お待たせしました。朝食は？　ミスター」

「いや、さっき電話で起こされたばかりでね」

「すみません。何やらガミガミ言う男だったので、名乗るよう頼んだのですが」

「いや、いいんだ。大事な電話だった。そのことでちょっと話が……」

「解りました。士官公室に、食事を持っていかせましょう」

シャミールは、艦長に促されて、発令所より後ろの士官公室へと向かった。潜水艦の部屋とは思えない広さで、カラオケ・セットまで置いてあった。

艦長は、客人を上座に座らせ、自らコーヒーを入れた。

「何か問題でも？」

「トルコ軍の参謀本部に飼っているインフォーマーからの連絡だった。われわれの動きを探っている連中がいるらしい。たぶん米軍だと思うが。ハリアー戦闘機と、その補給物資を搭載した輸送ヘリが黒海の北方海域をピストン輸送しているそうだ」

「それは妙だな……。アメリカ海軍の艦艇は、普通単独行動は取らない。スパイ船なら別ですが、戦闘機を降ろすようでは、スパイ船の意味がない」

「それもそうだな」

「〝オセティア〟の存在が露呈したのかな……」

「当然、想定しなければならないことです。こんな大きなフネを米軍の監視の眼から隠すなんて不可能ですよ。人の口も塞げるわけではありませんし」

「もし米軍ならどうすべきだと思う？」

「われわれの行動を妨害するようなら、黙らせるしか無い。注目を浴びることになるし、当然反撃も受けるでしょうが、陸の作戦がうまく行った後なら、〝オセティア〟自体に存在価値は無くなる」

「それは困るよ。博士の新兵器を生産する手段がなくなる」

「ダゲスタンが無事に独立を果たせば、その必要はないでしょう。本当に必要なら、ダゲスタン国内に生産施設を造ればいいことです。申し訳ないですがミスター、私はフルンゼ陸軍大学で、核戦略を学び、戦略ミサイル原潜を指揮していた。その経験上から言わせて頂ければ、使えない兵器を持つことに意味は無い。銃を抱いてベッドに入るようなもので、心配事を抱え込むだけですよ」

「その忠告には謙虚に耳を傾けたい。だが、今は必要な武器だ。独立した後のことは、その時にでも考えるさ」

「万一のため、貴方は、陸上へ移った方がいい」

「今はいいよ。少なくとも、博士から二、三発ぐらいはものを受け取ってからでないと。たぶん、早急に必要になるはずだ」

「材料はどのくらいあるんです？」

「一〇発分は確保したよ。半分使っても、得るものが得られれば、それで十分だ。私が指揮官なら、一発で逃げ出すがね」

「しかし、いざという時に、どうやって貴方と例のものを陸揚げすればいいんです？」

「ほんの数分浮上するぐらいなら問題ないだろう？　ヘリを呼んでもいい――」

「それは駄目です。もしハリアーがいるんなら、すぐ見付かる」

「では、なるべく沿岸部から離れないようにして、私が乗ってきたプライベート・ヨットを待機させる」

「解りました。できれば、ヘリの手配も付けておきましょう。臨機応変に行きたい。もし、その米軍のスパイ船と交戦するような羽目になり、首尾良く撃沈できたら、アメリカは世界中に展開する対潜哨戒機と軍艦を持ってきてわれわれを捜しに掛かるでしょうからね」

「そうなる前に、全ては片づいているよ」

「そいつを捜すために、航路を変更しますがよろしいですか？」

「ああ、全て任せる。見付かる心配はないかね？」

「相手が対潜ヘリを搭載している駆逐艦なら、危険です。もっとも、彼らがこのエリアにおいて交戦権を与えられているとは思えない。だから、攻撃される心配はありません。たぶん、敵はグルジア領海に入れるわけでもありませんしね」

「五年以上もの歳月を掛けた。この作戦をぶち壊されてたまるか。私は必ずやり遂げるよ。邪魔をする者は、黒海に沈んでもらう」

シャミールは、冷酷な目つきで言った。ビジネスマンの眼だなと艦長は思った。

「では、私は発令所へ」

「博士は起きたかな……」

「二時間前からラボに籠もってます。朝食も取らずに」

「そう？　そりゃ困るな。今博士に倒れられては困る。博士の分の朝食も頼むよ。食べるものは食べて貰わないと」

「了解しました」

艦長が去ると、シャミールは、朝食が運ばれるまでの間に、しばし考えた。

もっと強く艦長に命じるべきだったと後悔した。米軍の怖さは知っている。見付かったら、それで終わりだ。交戦権だの交戦法規がどうのこうのという問題じゃない。

殺《や》られる前に、殺る。挨拶する前に叩きのめす。それが、シャミールが生きてきたオイル・ビジネスの掟だった。

一昼夜歩き続けたというのに、モルゾフは夜明け時に抜け出た獣道も、アナスタシアに告げた時間の見当も、寸分と違わなかった。

林を抜けると丘の下から牛の鳴き声が響いてくる。

モルゾフも、その息子も、全く疲れが見えない。こんな連中を相手にするんじゃ、ロシア軍は一〇〇年経っても勝ち目は無いとアナスタシアは思った。

「あの牛飼いの家が、一応従弟の家なんだ」

「一応？」

「ああ、従兄弟と呼べる者が、一〇〇〇人はいる。言ってみれば、門閥みたいなものだ。この地方は、一〇〇かそこいらの門閥貴族が民衆を束ねて調和を保って暮らしていた。だから、厳密な意味での国境の概念は無いんだ。おかしいな。いつもなら、乳を絞ってトラックを出す頃なんだが……。イワノフ、先へ行って、様子を探ってこい。もし何かあってもぶっ放すなよ。どうせ勝ち目はない」

息子のイワノフは、猟銃を父に預けると、その一軒家を目指して小走りに駆けだした。納屋の向こうに消えていくと、三〇秒と経ずに顔を出し、安全であることを告げた。

た。

　二人が、家の土間に立つと、日焼けした男が、ギョロリとした目つきでアナスタシアを睨んだ。

「無茶な奴だ……。こんな時に」

「どうしたんだ？　兄弟。今朝は出荷はなしかい？」

「ここから町までいったい何ヶ所の検問が出来ていると思う？　町へ入る頃には新鮮なミルクが腐っちまってるよ。面倒に巻き込まれるのはご免だ。連中が手痛い目に遭って引き揚げて行くまで、俺は草でも刈って過ごすさ」

「しょうがない奴だな。じゃあ、代わって俺が商売してきてやるよ。トラックを借りるぞ」

「油代を払えよ。その女は何者だ？　面倒に巻き込まれるのはご免だからな」

「道に迷ったらしい……。ということにしておけ」

「さっさと行ってくれ。車は盗まれたことにしておく」

「恩に着るよ」

　三人を乗せたトラックは、村に入って五分もせずに、最初の検問に引っかかった。一難去ってまた一難という所だったが、アナスタシアは、深夜の山歩きで疲れ切り、気のない顔でぶっきらぼうに応じるだけだった。どうにでもなれという思いだった。

慌てふためいて終便に飛び乗るほどの必然性があったかどうか、大いに疑問のあるところだった。ワシントン—ニューヨーク間のビジネスシートの飛行機代金は、国庫から支出されることになる。

国連がニューヨークでなく、ワシントンDCにあったら、どれだけ楽だろうと思った。もっとも、出張帰りにブロードウェイ辺りで一息という楽しみも無くなるか。

グレッグ・トンプソンCIA上級分析官は、国連本部ビルの、すでに止まっていたエスカレータを二段飛びしながら、そんなことを考えていた。

ブル・メイヤの秘書は、まだ机に就いていた。地獄の門番のようなものだなとトンプソンは思った。

ブル・メイヤの執務室は、合衆国大統領の執務室が粗末なものに思えるほど、ごてごてと飾り立てられていた。

メイヤは、不機嫌な顔で、テレビのリモコンを弄《いじ》っていた。

「これから戦争が始まろうってのに、CNNは何処にいるんだ？　CBSニュースは？　……」

「チェチェンはましな方さ。ロシアは平定したと宣伝するが、誰も信じちゃいない。チベット、スーダン、東チモール、コロンビア、忘れ去られた戦場は掃いて捨てるほどある」

「今週は新しいショーの封切りは無いはずだ」

「偶《たま》には……。仕事でも訪れるさ。国連とは、いい関係を維持したいのでね」

トンプソンは、背広を脱いでソファに掛けると、ブリーフケースからファイルケースを取り出してテーブルに置いた。そして、テーブル上の電話機を手で払い、そこに腰を預けた。

「文明ってのはいいよなぁ、メイヤ。必要な時にコピーが取れるし、地べたに座り込まなくても柔らかいソファがケツを包んでくれる」

「代償は大きかったと思うぞ」

二人とも、その文明を手に入れ、守るために、多くの物を犠牲にしていた。アフリカ支局が長かったトンプソンは、あのゴミ溜から脱出するために四苦八苦したものだ。その過程で、二人は互いを必要とし、共に認め合う仲になった。

メイヤのデスクに腰を預けることが出来る人間は、ワシントンにもそう多くは居なかった。

「わざわざ来なければならないような情報だったのか？」

「まあな」

トンプソンは、ファイルから、一枚のモノクロ写真を抜いて見せた。建造中のフネの竜骨を撮ったスパイ衛星写真だった。

「シャミールと聞いて、いろいろと引っかかったんで調べてみた。済まないが、何もかもノーマークだった。時々、お前さんの情報源は何だろうと疑いたくなるよ……」

「こんなポストに就くには、それなりの努力が要ったということだ。何だ？　この写真は」

「新しい写真じゃない。湾岸戦争後一年ぐらい経った頃の、黒海沿岸の造船所を写したものだ。それ一枚しかない。兵器庫艦《アーセナル・シップ》というのを、聞いたことがあるかね？」

「米軍が、FY98の予算に盛り込もうとしている奴か？　良く解らないが……」

トンプソンは、国防総省が配布したアーセナル・シップの概念図を示した。

「こいつは、いくつかあるプランの中でも、上等な方だ。湾岸戦争で、軍は多くの教訓を得たが、これもその一つだ。近代戦争は一方的に決着が付くことが多い。そういう戦場で必要とされるのは、何でも出来る万能艦じゃない。そういった万能艦に守られた、いわば兵器庫みたいな役目を果たす大型の船だ。それは、最低限の個艦防御のシステムさえ備えていれば、装甲は薄くても、指揮系統を持っていなくても一向に構わない。タンカーを改造したものでもいいんだ。表面上、安く付く。ソヴィエトも、同じ発想を得たんだな。ところが、湾岸戦争直後ソヴィエトは崩壊する。われわれはスパイ衛星で見ていて、最初こいつをただのタンカーだと思った。オデッサ近くのニコライエフ製造所だ。やがてドックは野ざらしになり、われわれはこの建造中のフネのことを忘れる。それがつい二年前、誰かに買い取られて完成したらしい。金を出したのがシャミール。名目上は、シャミール海運のタンカーということだった」

「凄いのか？」

「まあね。われわれが計画したのは浮かぶ船だった。アメリカは世界の覇権を握っている。逃げ隠れする必要はない。だが、ソヴィエトは違った。連中は、それほどの安心感は得られなかったらしい。彼らは七万トンもの大型潜水艦を作った。あの世界最大の戦略潜水艦タイフーンの、倍以上の排水量だ。まさに、海中要塞《シーフォートレス》さ」

「そいつは動いていて、今黒海にいるのか？」

「スクラップになったのでなければ動いている。残念ながら、うちも軍も完全にノーマークだった。海軍の話では、黒海を出てはいないということだ。何しろ、ボスポラス海峡には十重二十重の監視網があるからな。こっちは信じていいだろう」

「そいつは武装状態にあると見ていいんだろうな」

「ああ、そう見るべきだろうな。シャミールは、ドイツ、フランス製の武器を買い漁っていた。われわれは当初、それを中東へ横流しするんじゃないかと思っていたんだがね。輸送の途中で忽然と消え失せた。ひょっとしたらアメリカ製の武器も買ったかもな。だが、そう心配は要らないかも知れない。お前さんのおもちゃは飛行機並みのスピードで海面を駆け巡り、そのステルス性能は鉄壁なんだろう？」

「一〇〇発、二〇〇発ものミサイルを浴びせられて無事なスーパーウェポンなんぞあるもんか。チャーター機を用意させる。今夜中にラングレーに帰れ」

「おいおい、まだレイト・ショーに間に合うんだ。のんびりさせろ。俺は、かき集められるだけの情報を持ってきたんだ。モスクワはまだ夜、チェチェンは夜が明けたばかりだ。動きがあるとしても、これからだろう。ライトニングの消息は摑めたのか？」

「何の手がかりも無い。向こうは身動きがとれないんだ」

「それを含めて警戒レベルを上げてある。うちのボスからの伝言。慎重にことに当たってくれということだ。でなければ、また数千万の難民を出し、国連財政の破綻を招き、またアメリカはモンロー主義に回帰したと非難される」

「ボスに伝えておけ。私が必要とする情報と援助を与えなければ、それは避けられない。その時困るのは、首を切られるお前さんだとな。不安定要因を抱き込むだけじゃない。世界経済の足を引っ張るのは避けられないぞ」

「俺は解っているつもりなんだがね……。行動を起こしたロシア軍の動きに不審な所もある。気を付けてくれ」

「ああ、リッツに部屋を取ってやる」

「誰が金を払うんだ？」

「移り気な納税者と違って、国連にはドイツや日本という気前のいいスポンサーがいる。連中を常任理事国のサロンにいれてやるのは、しばらく待った方がいいな。もうちょっと貢がせてからだ」

「俺も同感だ――」

トンプソンは、笑顔でバイすると、タクシーに飛び乗り、オフ・ブロードウェイのレイト・ショーに滑り込んだ。

元来、トンプソンは楽観主義者だった。幕が開いた五分後には、彼が統べる世界中の災厄を綺麗さっぱり忘れ去っていた。

イマム・アルバミは枯れ草の上に腹這いになると、双眼鏡を構えて、朝靄に煙る稜線上を見遣った。

まるで、悪夢に魘《うな》された朝のようだった。アナスタシアは、一〇年前のアリョーシャそのものだった。アリョーシャが歳を取らずに目の前に現れたみたいだった。

稜線上に陣取った戦車の真上を対戦車ヘリが旋回している。戦車の周りに兵士たちが土嚢を積み、陣地を固めているのが解った。

背後の草をかき分け、副官のジャミル・モルゴベク大尉が、這うようにアルバミの隣に並んだ。

「斥候からの連絡です。背後のチェチェン側にも同様の陣地が出来ている様子で、敵は、この一帯から動く様子が無いみたいですね」

「妙だな……」

「はあ？」

「戦力の七割もをこっちへ持ってきた。山岳戦がどれほど悲惨なものになるか、知っているはずなのに」

「結局、国境地帯を掃討しなければ、ちらが明かないことを悟ったんじゃないでしょうか？」

「都市部をがら空きにしてかね？　それはあり得ないよ。こちらの戦力評価は、そう実数と違っていないはずだ。この隙に、グロズヌイを占拠することだってわれわれには出来るんだぞ」

「でも、ここでわれわれを制圧できれば、その心配は要らないんじゃないですか」

「そんなことを考えるほど連中がバカなら、われわれはとっくに独立しているさ。連中が陣地を完成させる前に潰そう。焦ることはない。こちらも、そうそう犠牲は払えない。ゲリラの利点を最大限生かすさ。第二プランにGOを出せ。脇腹を突いてやる」

　本当なら、移動途中を狙いたかったが、補給線が延びきった所で、道路を寸断し、前線の兵士を孤立させて攻めるというのが、今回の作戦だった。

そうすることにより、恐怖に煽られたロシア軍兵士たちに厭戦気分を蔓延させるのが副次的目的だった。

「東側へ一個中隊回そう。モルゾフからその後連絡はあったか？」

「いえ、まだ何も。こちらから接触を取りますか？」

「いや、まあいいさ。もう少し、ロシア軍の配置を詳しく把握したいな。斥候の数を倍に増やせ。命令あるまで攻撃はしないよう徹底させろ」

アルバミは、枝を揺らさぬよう、静かにその場から下がった。

まだまだこれからだ。連中に教訓を与えるのは、これからだと思った。わけも解らず駆り出された初年兵には気の毒だが、これから地獄を見せてやろうと思った。


二時間、五ヶ所の検問をクリアしてグロズヌイ近郊の村に入った時には、モルゾフも「ネタが尽きたよ」とぼやいた。助手席のダッシュボードには、検問を突破するためのマールボロ、グルジアから仕入れたチョコレートが常時入れてあったが、それも底をつき掛けていた。

「驚かさないでくれよ、アナスタシア。彼らは本来人捜しで来ているんだから」

「バニッツァ中佐は、いい再就職先を見つけたんですね」

「皮肉もほどほどにな。どうしてそんな感情が出てくるんだね？　まるでアリョーシャが乗り移ったみたいだ」

「性格は、たぶん一緒でしょう。彼らの歴史は、姉の日記で学びました」

道路際でトラックを止めると、モルゾフはさり気なく周囲を一瞥してから、小さくドアをノックした。

斗南無も、バニッツァ中佐もラジオ・ニュースを聴いている所だった。

バニッツァは、ボロ雑巾みたいに疲れ切ったアナスタシアの正体が解らない様子だった。

「この家、見張られているみたいだな」

「ああ、解っている。邪険には出来ない部外者だからな。もしわれわれに何かあれば、派遣部隊は責任を問われることにもなる。しょうがないさ。彼女は？　ライトニングの行方を知っている人間かい？」

「いや、われわれの過去を知る人間さ。アレク……」

バニッツァは、女の顔をじっと凝視した。化粧けは無く、頬には、所々擦過傷の痕跡があった。爆撃を受けた後の瓦礫の山から這い出て来たような印象だった。

「似ている？……」

バニッツァは、少々怯えた感じで呟いた。

「そうだ」

「ばかな⁉……。アリョーシャに姉妹はいない」

「それがいたんだ」

「聞いたこともないぞ……。すまない、斗南無。しばらくロシア語で喋らせて貰う」

バニッツァは、アナスタシアに矢継ぎ早に質問を発し、アナスタシアは、アルバミに話した通りのことを再び喋った。

「……アリョーシャは、国家のために命を賭けた。その妹が反政府運動かね……」

バニッツァは、たった一〇分間で、一〇歳は老け込んだような顔で溜息を漏らした。

「私は、自分の道を歩いただけです」

「命を粗末にするもんじゃない」

「貴方がたはどうなんですか？」

「われわれには、使命があった。戦死しても、国家は遺族を手厚く遇してくれた」

「私にも使命はあります」

「アリョーシャが死んだ訳か……。君はそれを知ったらモスクワへ帰るかね？」

「それは個人的な興味です。私の仕事は、第一に、ここでの人権問題を調査し、報告すること、第二に、これから起こる無意味な殺戮を止めさせることです」

「よしてくれ。銃で向き合っている所に乗り込み、殺人は倫理に反すると説いて回るようなものだ」

「誰かがやる必要があるわ」

「モルゾフ、なんで彼女を連れて来たんだ……」

「正直な所、旗色が悪い。ゲリラ勢力は、度重なるロシア軍との戦闘で消耗しきっている。敵は大型輸送機で補給物資と、新しい兵隊を無尽蔵に投入できるのに、こっちは、俺みたいな老いぼれが、ラバの背中にロケット弾を積んで補給する程度だ。そういつも勝てるとは限らない。アルバミは、ロシア軍を山岳地帯奥深くに誘い込み、連中が油断した所を、補給線分断で反撃に出ると言っているが、正直なところ、ロシア軍の展開を食い止めるだけの兵力や弾丸が無かったというのが、実状だ」

「それと彼女と何の関係があるんだ？」

「あんたは、ロシア政府のイノセントな部分を代表できる立場にある。もし、彼女の願いが聞けるとしたら、停戦も夢じゃないと思ってね」

「おいおい、モルゾフ。いつからそんな夢物語を考えるようになったんだい。もし俺の姿をイマムが見つけたら、それこそ奴は俺を八つ裂きにするかも知れない。たとえ俺がロシア軍の全権を委ねられていたとしても、無理な相談だよ」

「このまま逃げるつもりなの？」

　アナスタシアは、露骨に責め立てた。バニッツァは、激しく瞬きした。あの時も、アリョーシャに「これで逃げ出すの？」と責められたのだった。バニッツァは、冷静になろうと努めた。

「われわれの目的は、人捜しであって、停戦交渉に来たわけじゃない。基本的には、これはロシアの国内問題だ。だからロシア政府が解決すべき問題であって、国連に出向している形の私があれこれやるべきことじゃない」

「困った時に杓子定規になるのは、姉が日記に書いた通りだわ」

「そうだ。俺の判断に従っていれば、アリョーシャは死なずに済んだ」

「よせ、アレク。言い分はイマムにもあるんだ。余計なことだぞ」

「ああ、そうだな、モルゾフ。済まない……。必要のないことだった。我々は、君に対していかなる援助を与えることも出来ない。ここはもう直ぐ戦場になる。グロズヌイの北へ抜けて――」

「駄目だ。危険すぎる。そっちはロシア軍の補給ルートになって、いつ道路が寸断されるかも解らない。グルジアか、あるいはダゲスタンから抜けた方がいい。イマムからはグルジアから脱出させるよう命じられたんだがね」

「ではそうするんだな。連れて行ってくれるんだろう?」

「いや、俺はどの道、グルジアへ補給しに行かなきゃならない。商売があるんでね。だが、安全性から言えば、あんたがダゲスタンへ脱出させた方がいい」

「列車は動いているのかい?」

「ダゲスタンとの国境付近では動いているはずだ。国境で止まっている。チェチェン・ゲリラにハイジャックされたんじゃ叶わないからな。この頃、不特定多数の人間が集まる場所は、何処も閑散としている。列車だって同じことだ」

「車を飛ばせば、二時間で国境まで出られる。後は、二時間列車に乗ってマハチカラだ。軍の装甲車を調達する」

「私は行きません！」

「縛ってでも連れて行く。マハチカラへ出た後のことは知らない。またこっちへ帰りたければそうすればいい。状況を考えろ」

「じゃあ、俺はこれで帰る。後はよろしく頼むぞ」

モルゾフはそそくさと腰を上げた。

「斗南無、彼女を見張っていてくれ――」

バニッツァは、モルゾフを追って外へ出た。

「どういうつもりだ？　モルゾフ」

「まず、あんたはあの女に興味を持つだろうと思った。それに、停戦して欲しいというのは、正直な感想だ。民衆は疲れ切っている。ロシア人を叩き出すというのは、民族の悲願だから辛抱もするし、われわれは元々貧しい羊飼いだ。これ以上破壊すべき文明や資産があるわけじゃない。だが、アレク、そろそろ誰かが仲介に現れて、武器を取り上げてくれてもいい頃じゃないか？」

　モルゾフは、うんざりした顔で訴えた。

「俺には、何も出来ん……」

「ああ、解っているさ。国連ならどうにかなるかと思ったんだ」

「ライトニングのことは何か解ったか？」

「アルバミは無関係だな。だが、どうも何かありそうだ。金をばらまいている奴がいる」

「金を？　誰に？」

「ゲリラ予備軍にさ。気前のいい奴が、金をばらまいて兵士を駆り集めている。ロシア軍が攻勢に出る前からだぜ。誰かは解らないが……。俺がグルジアへ帰るのは、そいつの正体を探るためだ」

「解った。頼むよ」

「もし、何も出来ないんなら、ここを脱出した方がいい。もし術が無くなったら、イマムのことだ。何をしでかすか解らない。その核物理学者が連中に手を貸しているんなら、万一ということもある。こんな所で核戦争はご免だがね」

　バニッツァは、引き返すモルゾフのトラックを見送ると、遠巻きにしていた私服の兵隊に、司令部へ連絡して、至急装甲車を遣すよう命じた。まさに命令だった。

第四章　黒海

シーデビルの艦内では、対潜警報がしばらく鳴り響いた後、片瀬艦長の「これは演習ではない」という日本語と英語のメッセージが続いて流された。

対潜員はステーションに走り、コマンチには、至急対潜装備が命ぜられた。

艦長は、ＣＩＣルームに士官を招集して、メイヤから届けられた通信文を見せた。

だが、フライト・デッキのエレベータは沈黙したままで、動く気配は無かった。

艦長は、インターカムを取り、格納庫を呼び出した。

「整備、どのくらい掛かるんだ？」

「こちら脇村《わきむら》です。二時間は掛かります。人員回収に備えていましたから、キャビンは空です」

「一時間で出せないのか？」

「無理ですよ。センサー類はデリケートなんですから。艦装備のセンサーで凌《しの》いで下さい」

「とにかく急いでくれ」

「了解」

「曳航アレイ・ソナーを降ろすか?」

「駄目です。いざという時、スピードを出せなくなります」

桜沢副長は、対空コンソールのモニターをチェックしながら首を振った。

「いざという時、アレイを遺棄するほどの価値があるかどうかも解りませんから」

「誰か、このアーセナル・シップに関して知識のある者は?」

フラット・ディスプレイの反対側に立つステアー少佐が「少しは」と右手を上げた。

「実は、海兵隊では潜水艦型のアーセナル・シップに関して研究していた。論文を読んだことがある。もちろん、ハリアーのプラットホームとしてだがね。昔、日本の潜水艦にいただろう? 水上機を搭載して潜る奴。あれと同じようなことを考えた。潜水母艦という奴だが。いろいろ難点がある。そんなに恐れることはない。構造は簡単なんだが、サイズが大きくなる。だから、あまり深く潜れない。もちろん速度も遅い。基本的には、余所の軍艦が拾ったデータを受けて、ミサイルを撃つだけだから、センター部分も弱い。まともな戦闘力を持っているかどうか疑わしいね。それより、そのアーセナル・シップで何をやるかが問題だと思う。こんな所に浮かべて何をやるんだね?」

「巡航ミサイルの発射台として使える。それが届く範囲内の国にブラフを掛けられる」

ラッツィ少佐が言った。

「深くは潜れないのであれば、上から見ていれば解るわ。オハイオ級なんて、深度五〇メートルほどでも、くっきり上から見えるんですから。それだけのフネなら、海面へ及ぼす排圧も大きいでしょう」

　ロックウェル大尉が天気図を見ながら言った。幸い、当分地中海性の穏やかな天気が続きそうだった。

「無理だよ。貧弱な装備のグルジアはともかく、うっかり二〇〇〇フィールも高度を取ったら、トルコ軍やロシアのレーダーに捕捉される。しかも、確実性が無い。昼間はともかく、夜はどうしようもないじゃないか」

「六万トン超の鉄の塊ですよ。たぶん、消磁もやってないし、その騒音たるや、三、四隻分はある。たった一隻で行動するのは自殺行為です」

「殺られる前に殺るのであれば、話は別だ。メイヤが言って来たように、数十発のミサイルや魚雷を喰らっては、こちらも太刀打ちのしようがない」

「もし、グルジアの領海内に逃げ込んでいたら？　たぶん、そうしているはずだが、我々はグルジアの主権をも侵すことになる」

「それはしょうがないだろうな。確かに、連中の目的が解らないことには何とも判断できないことも事実だろうが」

　壁の針路計の針がぐるりと動いた。シーデビルは、三六〇度周回してのバッフル・

ずだった。

クリアを始めたのだ。もし、何も無いと解ったら、この後は、ジグザグ航法を取るはずだった。

「ミサイルを叩き落とせるかね？」

「半分は何とかなるだろう。半分は、チャフで誤魔化すしかないな。魚雷に関しては問題ない。われわれは想定できる最新式の魚雷より、ほんの僅かだが速く走れる」

片瀬は、誇らしげに言った。

「魚雷より速く？　六、七〇ノットも出す魚雷より？」

「そう。ほんの僅かだがね。だが、敵を探すとなるとことだ。まず、ここは太平洋じゃない。ほぼ閉鎖された、とりあえず海と繋がっている巨大な湖のようなものだ。塩分濃度もペーハー値も、何もかも、われわれが持っているデータとは違う海域だ。それに、沿岸に向かっては浅くなる。丁度領海線に掛かる辺りに、大陸棚構造がある。われわれがいる所で、五〇〇メートルの深さがあるが、ここから岸へ向かって、緩やかに浅くなる。浅海域での潜水艦狩りは困難だ。言ってみれば、透明な水のプールに沈むゴルフボールを探すのと、泥水の底を流れていくそれを探すぐらいの差がある」

「その、海中要塞の装備が問題だな。目的も」

「メイヤが考えてくれるんじゃないのか？　あるいは知っているか」

「続報を待てなんて一言も書いて無いぞ。あの男の性格からして、情報もこれっきりだと思った方がいい」

「さて、困ったな……」

　ラッツィは、プロッタを起こし、マジックで？　マークを書いた。

「一、連中の正体。二、連中の目的。三、連中の装備。まず、連中の正体は何だろう」

「指揮しているのは、誰か？　乗組員は誰か？　それにもよるわね」

「ハッサム・シャミールのことなら、少しは知っている。ＣＩＡは、彼のビジネスに散々嫌がらせをしたからな。ムスリムというだけで、チームＳＨＡＤＷとしても、無視は出来なかった。だが、俺の知る限り、彼がクルドやムスリムに援助を与えたという記録はない」

「確かに？」

「オイル・ビジネスの人間だからね。オイル・ビジネスの熾烈さは並みじゃない。そんな世界で、彼みたいな人間がメジャーに互して地位を得ようとすると、それなりの才能を要求されるだろう。もし彼が、親父の代からの、野望を抱いて、それを達成しようと動き出したら、慎重にことを運ぶだろう。たぶん、ライトニングを誘拐、あるいは誘い込んだのも彼に違いない」

「核兵器を作らせるのかしら。今時役に立つとは思えないけれど」

「そう思うのはわれわれだけだ。中東で売りさばけば、いい金になる。何より、アメリカやロシアを本気にさせるだろう。交渉のテーブルに引っぱり出すぐらいの効果はある」

「何が目的なのよ?」

「もともとは、ダゲスタンの出身ということになっている。ダゲスタンの独立が目的だろう。もし、ダゲスタンが独立を表明するとなると、鎮圧に来るロシア軍は、チェチェンを通るか、グルジアを通るしかない。チェチェンは、チェチェン・ゲリラを刺激することになる。グルジアは、名目上独立国だが、ロシア政府からの要求を拒めるかどうか微妙だ。グルジアに対して、そのシーフォートレスや核で脅しを掛ける可能性はある」

「ちょっと待ってくれ……。斗南無らが探しているライトニングは、そのシーフォートレスにいるんじゃないのか? もし、核動力なら、原料が手に入る」

「そりゃあ無理だ。原子炉があるからと言って、その廃棄物を核種としてそのまま使えるわけじゃない。無尽蔵の電力は魅力だが……。だが、まったく無いとは言えないな。それは考えておく必要がある。いざ核兵器工場を作るとなると、こういう地域で一番のネックになるのは電力だ。シーフォートレスが原潜なら、まあ当然原子力推進だろうが、電力はあるし、ラボを密閉構造にできる。可能性は否定できないな。誰が乗って、動かしているのか?」

「このＣＩＡのレポートでは、ソヴィエトが解体した時、お荷物となった建造中のフネを巡って、ロシアとウクライナが所有を押しつけ合ったとある。乗務員は、どちらかの海軍に所属していた人間と見ていいだろう。ダゲスタン出身の、旧ソヴィエト海軍の連中だろうが。乗員は、恐らく上に見ても五〇人かそこいらだろう。これだけの人数を集めておいて情報が漏れなかったということは、皆横の繋がりがあったということだろうな。次に、一番問題なのが、連中の装備だ」

「もし武器庫としての役割が主なら、巡航ミサイルが中心だろう。ロシア製なら、入手も難しくない。このＣＩＡレポートにある、フランス製、アメリカ製というのは、何処まで信じていいのか……」

「それより、基本的な潜水艦構造を持つかどうかが問題だ。魚雷発射管ぐらいはあるだろうが、ソナーシステムはどうなっているかとか」

「何より、敵はわれわれを攻撃して来るか？　あるいは、われわれには、彼らを撃沈する権利があるのかだ」

　片瀬艦長がぼそりと言った。

「それには、敵がまずわれわれの存在に気付くという前提が必要になる」

「優秀なソナーマンなら気付くだろうな。何しろ、この辺りでは見かけない特異な推進システムを採用している。ステルス・システムは完璧じゃない。本艦のステルス・

システムは、何処から見られているかということを計算してアクティブに動作する。潜望鏡が何処に上がるかが解らないと、有効なステルスは出来ない」

「だが、バレても、この形状では軍艦には見えないだろう?」

「フネを預かる者としては、いかなる楽観もしたくないな。向こうが、こちらを敵だと判断したら、たぶん攻撃されると見ていいだろう。反撃していいかは別だが。こんな所で原潜を沈めるとなったらことだ」

「今、攻撃を受けたら?」

「反撃する。ここは公海だ。国際海洋法上は、たぶん問題ない。だが念のためだ。もう少し沖合へ離れよう」

シーデビルは、ジグザグ航法を取りながら、グルジアの沿岸から更に離れ始めた。〝オセティア〟は、彼らからまだ一五〇キロも離れた所にいたが、シーデビルが針路を変えたことで、結果的に斜め方向から近づき合う形になってしまった。

ドグシェント将軍は、三〇分も待たすことなく、BTR装甲車二両を提供してくれた。

護衛部隊を指揮してエスコートに現れたワシェク・チェルナビン中尉は、軍が隊舎で豚を飼って食費を稼いでいるというご時世にあっては、まっとうな士官に思えた。

斗南無は、その士官の礼儀正しさと、若いにしては、部下に対する威厳の保ち方に、そういう感想を持った。

更に、彼が喋る英語は、ドグシェント将軍のそれよりましだった。

「護衛をようやく一個分隊集めて来ました。これが精一杯でして……」

「そんなに危険なのかね？」

バニッツァは、迷惑そうに質《ただ》した。

「そう考えています。むしろ、北へ抜けるより危険です。何しろ、列車には人が集まりますから。今となっては、マハチカラへ抜ける唯一の手段ですからね。ま、でも大丈夫でしょう。列車には、一応軍の警備隊も乗っていますし、あの列車を爆破すれば、いよいよ外部との交通網が途絶して、チェチェン自体の首を絞めることになると、ゲリラも知ってますから」

アナスタシアは、口をとがらせて、不服従の意志を露にして玄関に現れた。

斗南無は、ここに残ることにし、バニッツァが送っていくことになっていた。

バニッツァは、一緒に列車に乗り、マハチカラまで彼女を送っていくことに決めていた。その間に、アリョーシャの話でもしようと思っていた。

マハチカラで、もう一度ライトニングの行方に関して、探りを入れてみたいというのが、本音だったが。

「済まない斗南無。明日一番の列車で帰ってくる」

「ゆっくりしてくれ。二人で積もる話もあるだろう。どのみち、ライトニングの行方は解らないいんだ。マハチカラで収穫があるかも知れない。何か出そうだったら、しばらく向こうに留まっても構わないよ」

「君はどうする?」

「ロシア語の勉強でもするさ。それに、もし事がこじれて、双方の犠牲が大きくなるようだったら、ブル・メイヤにおはちが回ってくる。誰か一人ぐらい国連職員が現地に居ないと、ばつが悪いからな。成り行きを見届けるよ」

「万一、君が脱出できないような事態に陥ったら、必ず救出手段を講じる」

「何処かでメイヤに電話を入れておいてくれ。元気で、アナスタシア。君のようにガッツがある人材は大歓迎だ。その気があったら、モスクワの国連事務所を尋ねてくれ」

「私はこの人より早くに帰ってグロズヌイに入りますから」

「何か揉めたら、われわれの名前を出せばいい」

「止してくれ! 斗南無。本気にするじゃないか」

バニッツァは、うんざりした顔で、二人の会話に割って入った。

「しょうがないじゃないか。本気なんだから。無茶をして死なれたくないのは、あんたも俺も一緒だろ」

「彼女は帰らない。マハチカラで切符を買って、アエロフロートに乗るまでちゃんと見届ける」

　バニッツァは断言した。

　斗南無は、二人を見送って引っ込んだ。どの道、ここでの探索がうまく行かなければ、マハチカラへ引き揚げるしかなかったことを考えると、アナスタシアの護送はバニッツァにとってはついでの用だった。

　ああいう若者がいる限りは、ロシアもまだ捨てたものじゃないと斗南無は思った。

　二人が乗り込んだ装甲車は、後ろの方だった。バニッツァは、アナスタシアを後部座席に座らせると、助手席のチェルナビン中尉と運転手の間に収まった。

「念のため、銃をお持ちになりますか？」

「いや、いろいろと立場があってね。私服を着ている以上は、武装は出来ない」

「何者ですか？　彼女」

「メモリアルを知っているだろう？　あそこの調査員だ。親が、ロシア政府の有力者らしい。だだっ子でね、見つけたら、最善を尽くして安全な所へ待避させるよう要請があった」

　バニッツァは、そういう作り話で押し通すつもりだった。

「それが目的で、お二人はここにいらっしゃったんですか？」

「いや、失踪したアメリカ人の核物理学者を捜すためだ」

「本当ですか？　司令部では、実はロシア軍の残虐行為を暴きに来たんじゃないかとの噂が立ってます」

「まさか……。ロシア政府から国連に出向している私が、そんな仕事は引き受けないよ。それに、一時期に比べると、我が軍もだいぶまともになったじゃないか」

「兵隊は銃の撃ち方も知らないんですよ。いざ実戦となったら、赤子だって撃ちかねない」

「君は実戦は？」

「この戦場だけで三度目です。どうも巡り合わせが良くなくて、貧乏くじばかり引いてますよ。ただ、今度の作戦は急でしてね、目的もはっきりしない」

「なぜ？」

「だって、グロズヌイは一応制圧できたんですよ。それでよしとすれば良かったのに、今度は、国境地帯に潜むゲリラの鎮圧だっていうんですからね。都市ゲリラもやっかいですが、山岳ゲリラを掃討するのが無理だってことはアフガンで学んだはずなのに」

「誰の発案なんだね？」

「それが良く解らんのです。政府の上の方の話らしくて、ただ陸軍の上の方は、わりとすんなり作戦を承認しました。ドグシェント中将は、あれで抜け目ない人ですからね、将軍に関して言えば、この作戦の指揮を執るのは、目算あってのことじゃないかって、みんなで噂しているんですけれど」

「じゃあ、勝ち目があるってことかい？」

「いえ。それは無いですね。今の五倍の兵力を投入しても、無理でしょう。まあ、自分はさすがに三度目ともなると、前線へは出ずに済みそうですが」

バニッツァは、モスクワに対しても探りを入れる必要がありそうだなと思った。あるいはメイヤが知っているかも知れないが、彼の性格からして、その必要が無ければ喋らないだろうと思った。


ネウストラシムイ級フリゲイト〝ソチ〟（三八〇〇トン）は、三二ノットの高速で、グルジア沿岸へと疾走していた。

ゲパルト型コルベット一隻と、ゴーリャ型掃海艇一隻を従えていたが、掃海艇は問題外、ゲパルトは、ガスタービン推進ながら、最高スピードが三〇ノット出ないので、すでにレーダー・カバレッジからも外れようとしていた。

艦長のニコライ・ポルク中佐は、ブリッジのチャート・デスクを覗き込み、「ヘリはまだか⁉」と怒鳴った。

黒海第四哨戒艦隊司令を務めるヨーゼフ・トポライ少将が、司令席の上から、「ダーガシュが来るんだろう?」

　と質した。

「ええ。今日中には合流できます。向こうがへまをやらなければね。おかしいじゃないですか?　SN225は建造中止だという決定が出ていたはずです」

「造船所だって喰わなければならない。輸出許可は取ってあるそうじゃないか。私としては、米軍が気付かなかったことの方が不思議だよ。原子炉だって載せなきゃならない。巡航ミサイルを一〇〇発以上買っているんだぞ」

「情報はアメリカから来たんでしょう?　なら答えは簡単です。連中は知っていた。でも、放置したということですよ。ロシア海軍にも、少しは仕事をさせないと、アメリカ海軍の仕事が減るということですからね。私が言いたいのは、なぜ海軍は、得体の知れないビジネスマンに売ったかですよ」

「完成するとは思わなかったんだろう。だいたいソヴィエト連邦崩壊直後は、建造中のフネはどれもこれもお荷物だった」

「誰が指揮を執っているんです?」

「潜水艦部隊の方は、たぶんピンと来る奴の一人や二人はいるだろう。この辺りの出身者で、今行方不明の連中を探せばいいんだ。だが、潜水艦と言っていいものかどうか……」

「設計図をご覧になったことは？」

「いや、概念図を見たことはある。まったく、捜せというのに、装備に関してファックス一枚送ってこない。どうせ、誰も知らんのだよな。武器庫艦を売った連中は、ボーナスでも貰って優雅に海外旅行中だろう」

ヘリのローター音が聞こえ始めた。

「舵固定、ヘリが離陸するぞ！」

後部デッキ監視用のテレビ・モニターに、離艦する二重反転ローターのカモフ27へリックス対潜ヘリコプターの映像が映し出された。

「対潜魚雷を積んでないじゃないか？……。間に合わなかったのか？」

「艦長、もう一度司令部へ督促しろ。われわれだけで、この海域をカバーするのは無理だ。固定翼哨戒機の援護を頼むとな」

「そんなこと……。黒海艦隊で動いているフネは一〇パーセントも無い。対潜哨戒機なんか、飛べるわけがないですよ。われわれ水上艦部隊だけでやるしかない。とにかく、昼間なら、上から見えるかも知れない。動いていれば、ソナーにも引っかかる。対潜ロケット弾のカバーを解け！　砲雷長、判断が遅いぞ」

黒海艦隊司令部からの命令で、急遽グルジア沖への展開を命ぜられた艦長は、気が立っている様子だった。

ロシア海軍の新鋭フリゲイト艦〝ソチ〟は、ヘリにも劣らぬスピードで、グルジア沿岸へと接近していた。

同じ頃、シーデビルは、〝ソチ〟から五〇海里南東を、南西へ向けて一五ノットで航行していた。

ようやく、コマンチが対潜装備で離陸しようとしていた。

「こちらコマンチ、離陸します」

「了解、コマンチ。離陸を許可する」

片瀬艦長は、CICルームで、ESMモニターに、アラームが点灯したのを横目で見ながら離陸許可を出した。

「何だ?……」

「待って下さい。レーダー波です。高度が低いですね……」

「ロシアの対潜ヘリだ。間違いない」

ステアー少佐がモニターを覗き込みながら即答した。

「速度は、たぶん一〇〇ノットを超える程度だろう……」

「ええ。電波の強度と偏差からすると、そんなものだと思います。海面サーチ・レーダーです」

「コマンチ！　離陸は取りやめ。直ちにエレベータで降りろ」

片瀬は、素早く次の判断を下した。

「さて、隠れるか？　それとも姿を見せるかな……」

「見せておいた方がいい。どうせ動いている限りは波紋が海面上に残るんだ。潜水艦と勘違いされて爆雷を投げられるよりはましだ」

とステアー少佐が言った。

「それもそうだな。水上艦だけなら誤魔化せるが……。識別コード、アルファを宣言する。速度二分の一へ減速。レーダーリフレクターを出せ。カメレオン・システムを貨物船に。目標を、接近中の対潜ヘリにロックしろ。じきに、ヘリを積んだフリゲイトか駆逐艦も現れるはずだ。なんで今頃、急に……」

「シーフォートレスの情報が、ロシアにも提供されたんだろう。こいつの情報を得るには、まあ、しょうがないな。それに、連中が片づけてくれるのであれば、われわれは手を汚さずに済む」

「ロシアはなんでそんなに焦っているんだ……。それが不思議だな」

シーデビルは、錆び付いた貨物船に似た映像を、船体パネルに映し出し、水中マイクからは、固定ピッチ・プロペラ、ディーゼル・エンジンの音を流し、目標とする対潜ヘリへ向けてあらん限りの偽装工作を開始した。

〝オセティア〟を指揮するアバスナミ大佐は、突然出現した貨物船のソナー音に、「こんなに接近していて……」と呻いた。

「ソナー！　何をしていたんだ。こんなに近くにフネがいるじゃないか⁉」

「こちらソナー。おかしいですね。この距離で聞こえなかったなんて。速度は一〇ノットを僅かに切ってます。ディーゼル、たぶん貨物船か何かだと思いますが、それほど強い雑音は出してません」

「バッフル・クリアをやれ。まだ他にもフネがいるかも知れない」

〝オセティア〟は、三六〇度回頭してのバッフル・クリアに入った。

そして、そのスクリュー音は、シーデビルの側面アレイ・ソナーに捕捉された。

〝オセティア〟のシグナルは、突然現れたのだった。

コマンチの対潜員も兼ねる電子整備の脇村賢悟《わきむらけんご》二曹は、CICルームからの情報をコマンチの対潜モニターに呼び出して驚いた。

「とんでもないなぁ……」

「どうした？」

艦長の荒川道男《あらかわみちお》三佐が、背後のキャビンを振り返って言った。

「これ、途方も無い図体ですよ。さっきまで、まったくソナーに引っかからなかったのに、バッフル・クリアに入った途端、出現した」

「それが図体がでかいことの証明になるのか？」

「ええ、もちろんです。追尾中の魚雷が、こちらを目標に捉えると、魚雷の推進機音は小さくなります。それは、まっすぐ向かってくる魚雷の胴体断面が、スクリューから発せられる騒音を遮るからですが、このフネに関しても同じことが言えます。胴体が大きすぎて、そのケツにあるスクリュー音を消してしまうんですよ。だから、こっちへ向かっていたのに、われわれは気付かなかったんです。胴体がブラック・ゾーンを作ってしまった」

ＣＩＣルームでも、同じ結論に至っていた。

「対空監視、アルファ目標の針路は？」

「針路変わらず。高度は一二〇〇フィート。こちらには興味を示さない様子です」

「右舷ワッチ、ソノブイを落とした形跡は無いな？」

「こちら右舷ワッチ、その形跡はありません……」

「こちらＥＳＭ、続いて水上艦の捜索レーダーを探知。三〇ノットは出ています。ブラボー目標を宣言」

「すれ違った時、せめて二海里ぐらいの距離があると助かるんだがな……。対魚雷防御用意。機関部は、いつでも脱出できるよう用意しておけ。三〇ノットも出せるんなら、新鋭艦だぞ」

〝オセティア〟も、接近するフリゲイト艦の推進機音をソナーで探知していた。

アバスナミ艦長は、自らヘッドホンを被り、それが最新式の、より静かになった軍艦、かつては自国ソヴィエト海軍の水上艦であることを知った。

「ネウストラシムイ級だ。手強い相手だぞ」

シャミールが、発令所に現れていた。

「お邪魔でなければここにいてもいいかな」

「ええ、ミスター。貴方に雇われた乗組員の技術を評価するいいチャンスです。こちらへどうぞ」

艦長は、チャート・デスクにシャミールを誘った。

「ここにいる目標が、どうやら貨物船らしいです。西へ向かっています。たぶん、海峡へ抜けるんでしょう。今、この端っこに出現したのが、恐らくロシア海軍のネウストラシムイ級のフリゲイト艦です。万能フリゲイトで、対潜ヘリを搭載し、対空戦もやってのけます。ソヴィエトが崩壊していなければ、我が海軍の主力となったであろう戦闘艦です」

「たまたま現れたのかね？」

「いえ、三〇ノットもの戦闘スピードを出してます。明らかに、われわれを探しています。もっとも、三〇ノットも出してソナーが聞こえないので、恐らく上空に、搭載する対潜ヘリがいるはずですが。たぶん、艦名は〝ソチ〟でしょう。艦長のことは調べました。優秀な男ですが、ちょっと短気ですね。ハンターには相応しくない性格です」

「一隻だけなのかね？」

「いえ。われわれが事前に調べた所では、航行可能な戦闘艦が、もう二、三隻いたはずです。恐らく、速度で勝るこの〝ソチ〟だけ、先行したんでしょう」

「見付かる可能性は？」

「われわれの深度は、今二〇〇メートルです。対潜ヘリのソノブイがまともに動いていれば、発見される恐れもありますが……、副長、意見は？」

指命された副長のバンデ・グミスク少佐は、チャート上に屈み込むと、「奴の下に潜り込みましょう」と、貨物船の×印を人指し指で叩いた。

「私もそれがいいと思う。それで、接近する〝ソチ〟をやり過ごしたら、奴の後ろに回り込もう。この貨物船がどくらいの大きさか知りたいな。アップトリム三度。深度二〇まで浮上。後ろから覗いてみる」

「危険です艦長。上から丸見えになる恐れがあります」

「すでに太陽は西に傾いている。うまいこと、その貨物船の背後に浮上できれば、われわれは航跡の中に隠れることができる。敵がどういう布陣で来るかも探っておきたい」

「了解しました」

シーデビルのＣＩＣルームでも、目標が針路、深度を変えたのが解った。

「チャーリー目標、浮上しています。速度は、一三ノットから、更に増速中です」

「こりゃ困ったな。やっこさん、われわれの下に潜って敵をやり過ごすつもりらしい」

「いっそ、アクティブ・ピンでも打って、強制浮上させればいい」

ステアー少佐がこともなげに言った。

「そんなことしたら、たちまち、ロシアのフリゲイトから対潜ミサイルを撃ち込まれて、下の化け物と心中する羽目になる」

片瀬艦長は、インターカムを取り、機関部を呼び出した。

「機関長、カメレオン・システム、パターン０Ａだ。排気を後ろへ回し、艦尾を偽装してくれ」

シーデビルのカメレオン・システムにも、弱点はあった。それは、艦首と艦尾だった。

双胴船形式のため、真横からはともかく、背後から見ると、丁度腹の下に空間が出来る。艦首方向は角度があるので、もともと視認性は良くないが、背後からはそうも行かない。

普段は、海中に強制排気しているガスタービン・エンジンの排気を、高温のまま艦尾の空中へ放出することにより、空気の揺らぎを作り、陽炎のように艦尾形状を誤魔化すしか無かった。

　転針すれば済む話だが、それだと、下に怪しまれる。

「この浮上率だと、チャーリーは、艦尾二〇〇〇メートル辺りに潜望鏡を出すことになる。慎重な艦長だな。図体が大きすぎて、小回りが利かないことを認識している。しかも、ウェーキに隠れて、その図体が上から見えないことも計算済みだ」

　ロシア海軍の対潜ヘリは、シーデビルの後方五〇〇〇メートルを、南へ向けて飛び去っていた。フリゲイトは、水平線上にようやくその全貌を現したばかりだった。

　幸い、衝突コースを取らずに済みそうだった。もし、その危険性があれば、フリゲイトの方に回避義務が生じていたが。

〝オセティア〟の発令所では、潜航係士官が深度計を読み上げて行く。

　艦長は、潜望鏡を上げる前に、ラボのロストウ博士を呼び出した。

「博士、こちらは艦長です。今、ロシア海軍のフリゲイトが接近しています。発見はされてませんが、見付かる危険もあります。その場合は、急激な角度を取ってダイビングする可能性がありますので、そのつもりでいて下さい」

「こっちなら、構わない。当分、そういう作業はしないつもりだから。もっぱら電線繋ぎをやっている」

「よろしくお願いします。潜航係士官は、急速潜航に備えよ。ビデオを回せ。揚げ！　潜望鏡」

音もなくせり上がってくるペリスコープに顔を埋めると、艦長は五秒ほどを要してゆっくりと回った。

「貨物船、確認……。〝ソチ〟確認。やっぱりネウストラシムイ級だ。潜望鏡、降ろせ！　続いてESMレーダー・マスト準備」

ビデオ・テープを止めてリワインドすると、貨物船と、〝ソチ〟が映っていた。更に、画像の上っ縁に、ヘリックス・ヘリコプターも映っていた。

「どう思う副長？」

「貨物船のことですか？」

「貨物船？　何か妙だったかね？」

「もう一度見ましょう……。二〇〇〇メートルまで接近しているのに、船尾がぼんやりして、船名すら読めません。たぶん排気のせいだと思いますが、排気が海面付近まで降りて来るほどの風は無いはずですが……」

「なるほど、言われてみれば、この距離にしては不鮮明過ぎるな。だが、あのフネは太陽を背にしているし、少なくとも軍艦には見えない。アンテナの類もないから、われわれが追っているスパイ船でも無いだろう。もう一〇分もすれば、〝ソチ〟の探知範囲内に入る。その前に奴の下へ潜り込もう。深度一〇〇へ。速度二分の一増速」

「艦長、明日の朝には、なるべく陸上に近い所にいたいのだが、大丈夫かね？」

シャミールが尋ねた。

「もちろんです。沖合より、沿岸の方がわれわれにとっては安全ですから。こんな所で、ロシア海軍とドンパチやるつもりはありません。アメリカ相手なら話は別ですが、連中はいつでも出し抜けます。水上艦部隊は、いつでも、潜水艦部隊に勝っていたことはない。連中は問題外です」

「ならいいが。どうも、心臓に良くないな……」

シャミールはいささか青い顔だった。

「しばらくしたら、夕食にしましょう。ほんの一時間も辛抱すれば、連中は完全にわれわれから見えない所へと離脱します」

艦長は、もちろん、その背後に複数の艦艇が続いているであろうことを知っていたが、連中が駆けつける頃には、五〇キロ以上の距離が出ているはずだった。

潜り込まれた側は、たまったものではなかった。

片瀬艦長は、ヘッドホンを被りながら、「蛇に睨まれた蛙だな……」と漏らした。

脇村二曹も、コマンチのキャビンで、その音を聴いていた。

「僕が想像していたより、ずっと静かです。五〇〇メートルほど背後かな。今、このコマンチが離艦したら、きっとその振動音を拾われますよ」

「針路を変えたらどうなるかな。早めにブレイクしないと、化けの皮が剝がれるぞ」

「このまま夜に入れば、こっちのものです。視覚上のステルス性能は万全のものにな
る」

「ぞっとするよ。あんなのに下から突き上げられたら、たかだか五〇〇〇トンのフネ
なんて、あっという間にひっくり返るぞ」

「いやだわ、あたし。こんな暗いハンガーでひっくり返って死ぬなんて……」

コーパイで、脇村の婚約者でもある水沢一等海上保安士が不安げに漏らした。

「いいじゃないか。男と死ねるんだ」

「いやですよ。僕ら、死ぬ時は空の上でって決めているんですから」

「解った解った。俺を道連れにしないでくれよ」

「しかし、艦長はどうするつもりですかね……」

「連中だって、いつまでも俺たちの下にいるわけじゃない。ロシア海軍と距離が出た
と判断したら、引き返すだろう」

「いっそ、ロシア海軍に教えてやればいいじゃないですか？　国連経由で、君らが行
き違った貨物船の下にいると伝えればいいんです」

「どうかな。現場の艦長に伝わるまで、一日、二日は掛かりそうな気がする。そこま

で、われわれが連携していいとも思えないし。ま、お呼びが掛かるまでじっと待つさ」

ロックウェル大尉が現れて、オスプレイのコクピットに乗り込んだ。

サイド・ウインドーを開けて、「そっちはデータを貰っているの？」と日本語で尋ねた。

「ええ！　リアルタイム。光ファイバ・ケーブルが艦と繋がってます。ＣＩＣのデータは全部こっちで拾えます。インターフェイスの共通化が出来ると、そちらと繋げられるんですが……」

「変化があったら教えて頂戴。こちらも一応待機します」

「ステアー少佐は？」

「あんなバカな男のことは忘れて頂戴。いざとなったら、私がハリアーを操縦して出るわ」

ロックウェル大尉は、渋い顔で罵倒した。

シーデビルは、針路も速度も固定したまま、一路トルコ領土を目指して航行していた。日が暮れる頃には、グルジアの海岸から、一二〇キロ以上も離れていた。

ダゲスタンからチェチェン側に、ほんの五キロほど入った見晴らしのいい丘の上に、臨時の終点が設けられていた。

駅舎などまったく無かった。原っぱに列車が停止するわけは、停車中のゲリラの襲撃を避けるためだった。見通し距離が数キロもあれば、ゲリラが接近する間に、列車を発車できるという判断だった。

列車がスピードを落とすと、線路際に座っていた避難民たちが、疲れた顔で膝を上げた。ロシア人が半分、チェチェン人が半分と言うところだった。

度重なる内乱にもめげずに居残ったロシア人たちも、さすがに今回は危ないと感じた様子だった。

線路の周りでは、二両のT－80戦車と、五〇名ほどの兵士たちが銃を構えて辺りを囲んでいた。

チェルナビン中尉は、列車が発車するまで見守ると言って、一緒に装甲車を降りた。バニッツァは、あちこちで見た風景だなと思いながら、アナスタシアの背中を押して歩いた。

「中尉。僕はアフガンで戦った。その経験から言うと、戦場がどこもこう見通しが良ければ、苦労しないと思うよ」

「まったくですね。でも、チェチェン・ゲリラの手強さは、たぶんアフガン・ゲリラ以上ですよ。ここは、黒海上空で蒸発した水分が、夜明け時に降りてきて、深い靄を作ります。連中は、その靄に抱かれて移動するんです。何度も痛い目に遭いましたよ。

お帰りの時は、警備の兵士に言って、司令部まで連絡を下さい。迎えに参りますから」

「有り難う。そうさせて貰うかも知れない。それから、もしまたグロズヌイが襲撃されるようなことがあったら、僕の友人の保護を頼むよ。ま、向こうはロシア軍と共に行動するのを嫌がるだろうがね」

「解りました。ご無事で」

「世話になった」

五両編成の列車は、その場に五分と留まることは無かった。

二人が飛び乗ろうとした瞬間、「アナスタシア！」と呼び止める声があった。

シーバッグを担いだ青年が、列車を降りた行商人の群の中から手を振っていた。

「イゴーリだわ……。イゴーリ！」

「ちょっと待て！」

発車の汽笛が鳴っていた。バニッツァは、慌ててアナスタシアの右腕を掴むと、列車へ乗り込もうとした。

「何者だ？」

「メモリアルの仲間よ。私の支援に来たんだわ。話をしないと」

「じゃあ、向こうから来て貰うさ」

バニッツァは、男を手招きした。もう、列車が動きだそうとしている。

男が駆け寄って来ると、バニッツァは、とにもかくにも、アナスタシアを列車のタラップに押し上げた。

色白で、育ちのいいぼっちゃんという感じだった。

「済まないが、彼女をマハチカラまで脱出させる。どうする？　乗るか。今グロズヌイに入るのは危険だぞ」

「まあ、一日ぐらい遅れてもいいでしょう。彼女の報告も聞きたいですし。そんなに危険なんですか？　バニッツァ中佐」

「私の名前を知っている？」

「ええ。斗南無のご友人でしょう？　まあ、その話は後で、とにかく、飛び乗りましょう」

二人は、走りながら列車に飛び乗った。

ぎゅう詰めの車内で、連結部に立つのが精一杯だった。

「イゴーリ・スミルノフです。外務省に入ってから、すぐ国連へ出向になったものですから、斗南無とも一、二度一緒に仕事をしたことがあります。もっとも、その頃はまだ冷戦のまっただ中だったので、向こうは、僕に対していい印象を持っていたとは思えませんけれどね。アナスタシアは、言ってみればメモリアルの表の顔です。僕が裏の顔でしてね、対外的な交渉を受け持ってます」

「つまり、アナスタシアは餌というか、探りを入れるためのセンサーみたいな役目を負っているわけだ」

「餌なんて言ったら、本人が怒りますからね、センサーがいいでしょう」

「失礼だわ、イゴーリ。襲われもしたし、対戦車ヘリが舞う夜中に山中を逃げ回る思いもしたんですから」

「ああ、今回は時期が悪かった。明らかに判断ミスだったよ。本当は男性を送り込みたかったのですが、チェチェン・ゲリラに問答無用で殺される危険があったものですから」

後半部分は、バニッツァに向かっての釈明だった。

「なぜ、急にこんな所へ来たんだね？」

「彼女と交代するためです。それが表向きの理由。もう一つの理由は、今回の作戦に纏わる事実調査です。妙な噂がたってましてね」

「どんな？」

「まあ、それは後で。ちょっと私も、現地へ入るまでは自信が無いので。ロシア軍はもう布陣を終えたんでしょう？」

「らしいな」

「では手遅れです。僕は口を噤《つぐ》みますよ。国の判断が正しいかも知れないから」

「どういうこと？」

アナスタシアが怪訝そうに質した。

「何度も言うが、アナスタシア。メモリアルは、反政府組織じゃない。われわれは人権団体であって、政府とはいい緊張関係を維持したいと思っている。そういうことだ」

「どういうことよ⁉」

「だから、複雑な事情があるということさ。今回のロシア軍の大攻勢は、やむを得ないかも知れないということだよ。だから、僕は君が西側のメディアをグロズヌイに案内して、面倒を起こす前に連れ戻しに来たんだ」

「何があったんだ？」

バニッツァは聞いた。

「マハチカラへ着いたらお話しします。でも、たぶんブル・メイヤも知っていることですよ。実を言うと、僕も彼から本当の所を聞いてみたいんです」

列車はスピードを上げ、ダゲスタンへと入った時には、乗客から歓声が湧いた。

幸いにして、陽が完全に落ちる前にチェチェンを脱出できた。

バニッツァは、ロシア語が不自由な斗南無を置いて来たことが気がかりだった。

陽が落ちる直前、四〇ノット超の高速で接近して来た目標は、警戒海域に近づくと、途端に速度を落とし、一〇ノット程度までスピードを落としていた。

シーデビルの真下に潜り込んでいたシーフォートレスは、三〇分前離脱し、再びグルジア方向へと針路を変えていた。

シーデビルは、そのまま速度を落としつつも、しばらくは西へ向けて航行した。

警戒ステーションは解除されたが、CICルームの配置は、朝のままだった。

「ダーガシュ型の水面効果艇《SES》だな。ただ、エア・クッション状態だと、航続距離が短いのが難点だが。補給船が来ないと、こいつは明日中には、燃料切れを起こすだろう」

「そろそろ、シーフォートレスをロスト・コンタクトします」

「よろしい。回頭一八〇度。レーダーリフレクター回収。カメレオン・システムをステルス・モードへ。チャーリーを追うぞ」

レーダーに映るダーガシュ型SES哨戒艇は、シーデビルから二〇海里ほど東方を去りつつあった。すでに、フリゲイトは数時間前にロストしている。

ロシア海軍は、結局、目当ての獲物を捜し出すことは出来なかった。

「連中は失敗したと思うかね？」

「いや、そうは思わないな。もし、陸上との間に補給路が確保されているのであれば、チャーリーは、なるべく海岸に近い所に潜む必要がある。安全上もその方が確実だ。となれば、ロシア軍は沿岸地帯で待ちかまえていればいい。グルジアとの間の相互防衛条約を発動すれば、彼らは自由にグルジア領土に出入りできるだろう」

ステアー少佐は、そう判断を下していた。軽い性格のわりには、的確な分析と判断を下すというのが、桜沢副長の人物評だった。

「連中がカバーすべき、あるいはカバー可能な海岸線は、三〇〇キロぐらいかな。対潜ヘリが一機あれば、二、三日掛かりで掃除できない距離じゃない。チャーリーがトルコ領海へ逃げ込む可能性はあるが、それはそれで、われわれにとっては好都合になる。北はロシア海軍に任せて、われわれは南を防備すればいいだろう。ま、チャーリーをロストしたらの話だが」

「チャーリーは、フリゲイトを攻撃しようと思えば出来た。交戦の意志なくただ逃げようという目標をどう扱うべきか、難しい所だな」

「今はね。だが、明日どういう行動を起こすかは解らない」

「そうだな……。格納庫の諸君に、配置を解くよう命ずる。長丁場になりそうだ」

「この次チャーリーに捕まりそうになったら、せめて、フェリーぐらいを装った方がいい。貨物船じゃ、すぐ盾代わりに使われるが、二〇ノットも出すフネなら、そうそう追いつけないからな」

「そうしたい。さすがにロシアの水上艦部隊に睨まれるといい気はしないからな。われわれも飯にしよう」

シーデビルは、たっぷりと時間を掛けて一八〇度回頭すると、再び東へ向かい始めた。今度は〝オセティア〟の背後から、彼らを追う立場だった。

マホメッド・ガストラは、空を見上げると、もう一度、停止線として線路上に積んだ丸太に目をやった。

脱線させるつもりは無かった。人質をとるのが目的であって、足手まといになるけが人を出したくは無かった。

残念ながら、警備隊が乗っているので、まったく交戦しないわけには行かなかったが、できれば一〇〇人ぐらいの人質は取りたかった。

丸太の上には、数枚の反射板が取り付けられていた。

少し登りになるせいで、スピードが落ちれば、すんなり止まってくれるはずだった。

列車が止まった所で、後ろを封鎖すればいい。

「来ましたよ、ボス」

「ああそうだな……」

丘の下から、一筋の光が上ってくる。

「繰り返すばかりだな……」

「え？」

アルバミが軍事指導者として派遣して来た、部下のリャザン・ムリエフ中尉が聞き返した。

「何が繰り返しなんですか?」

「人質を取っては逃げ、攻撃され、それの繰り返しだ……」

一九九一年、チェチェンが独立を宣言した後、ガストラは、ロシア軍の砲撃で一家を失った。家も、息子も、娘も、妻も、全てを失った。

それ以来、どこかに定住したことは無い。

この闘いで決着がつかなければ、彼のゲリラ部隊共々、アルバミに全てを譲るつもりだった。

家族の仇を討つために銃を取るには、いささか歳を取りすぎたと思った。

彼は、疲れていた。

第五章　脱線

バニッツァら三人は、最後尾と四両目の連結部分に、胡座《あぐら》をかいて座っていた。

辺りは真っ暗で、何処を走っているのか見当も付かなかった。

三人は、その内、外を見るのを止めてしまった。

「どうも良く解らないな。ソヴィエトの非政府組織と言えば反政府が一枚看板だったのに」

「そうですね。表看板としては、もちろんわれわれも反政府を掲げています。私は、アナスタシアが現場で取ってきた情報をもって、政府関係者と接触します。情報のやり取りは、もちろんあります。メモリアルは、比較的予算が潤沢ですが、それは西側からも経済的援助を受けているからです。そのために、外面の良さにも気を遣っているんですよ」

「なんで外務省を辞めたんだ？」

「あの給料じゃ、賄賂でも貰わなければ、とてもやっていけませんからね。メモリアルを立ち上げる時に、きちんとした組織に作る必要があるからと、誘われたんです。もちろん、応分の報酬は貰うという約束でね」

「国連でも良かったじゃないか……」

「どういうのか、一度役人生活をしたせいか、全体の利益のために働くという発想が出ないんです。どうしても、ロシアのためとか、ソヴィエトのためとかいう明確な目的がないと。中佐はそういう部分はないですか？」

「俺ぐらいの歳になると、主義より、まず懐が寒くなる。そっちが優先するな。それに、ロシア絡みの係争では、どうしてもロシア人でないと務まらない部分はある。その仕事で必要とされているという事実が大事なのさ」

「ああ、中佐ぐらいのお歳になると、そういう部分はあるかも知れませんね。僕なんか、外務省でも別に必要とされていたわけじゃなかったですから。国連じゃ、しょっちゅうＦＢＩの尾行を受け、他国の仲間とも打ち解ける機会はありませんでしたから。ブル・メイヤは元気ですか？」

「さあな。昔も今も、奴は表舞台には決して顔を出さない。われわれにも、ぶっきらぼうにただ命令を遣すだけだ」

　列車が登りに入り、車輪が喘ぎ始めた。

「マハチカラはどんな様子だった？」

「ええ、向こうにいるその筋の連中とも接触してきました。チェチェンが攻勢に出て、ロシア軍が押されるようなことがあったら、今度こそ、間違いなく独立宣言だと言ってます。脱出した先が安全だとはとても思えませんね――」

　突然、後部で怒鳴り声が上がった。兵士たちが怒鳴り合い、列車に急ブレーキが掛けられ、反動で倒れた乗客たちから、悲鳴が起こった。

　三人は、暗闇の中で顔を見合わせた。

「どうやら、脱出した先も安全じゃなかったみたいだな」

「逃げますか？」

「いや、囲まれた後だ」

　列車は、すぐさまバックに移った。線路のかなり後ろでかけ声が上がった。

　車掌が、「止まれ！　止まれ！」と怒鳴ると、警備部隊の指揮官が、「下がれ！　下がれ！」と怒鳴り返していた。

「脱線するぞ！　前へ移れ！」

　三人は、起きあがると強引に四両目へと飛び込んだ。その直後、五両目が何かに乗り上げ、一瞬浮き上がると、そのまま横倒しになった。

　横倒しになりながらも、列車はさらに滑り、横倒しになったまま五〇メートルほど滑ってようやく停止した。

　四両目も、連結部分に引っ張られて、何かに乗り上げ、そのまま横倒しになった。

　真っ暗闇の中で、足下をすくわれ、人々が折り重なってゆく。

バニッツァは、椅子の縁にしがみつき、上から倒れてきたアナスタシアの肩を抱き留めた。

阿鼻叫喚の状態が十数秒続くと、ようやく列車は停止した。

気が付いた時には、どうやら列車は右側に倒れ、先に停止していた五両目にめり込む形で止まった様子だった。

「大丈夫か……」

車両へ走り寄ろうとする足音が聞こえてくる。無事だった警備兵たちが散発的な応戦をしてみせたが、ほんの十数秒で黙り込んだ。

その後には、ゲリラたちの雄叫びと、威圧するための銃声が暗闇に響いた。

「何も走っている時、襲わなくても……」

イゴーリ・スミルノフが呻いた。

「大丈夫か？　アナスタシア」

「ちょっと待って、腰だか、脇腹を打ったみたい……」

暗闇で、みんなの姿勢がどうなっているのかまったく解らなかった。たぶん、埃が舞っているせいだった。

「ああ、痛いわ……」

「立てるか？」

　ゲリラたちが盛んに車両の屋根を叩き、「出ろ！　出ろ！」と怒鳴り、空へ向けて銃を撃った。乗客たちが悲鳴を上げる。

「何処から出ろってんだ……。反対側の窓には手も届かないのに……」

　やがて、三両目との連結部分から、ゲリラが横になりながら入ってきた。

「みんな出ろ。動けない奴はここで殺す。動かない奴は、後で一発ずつ撃つことになるぞ」

　老婆たちが泣きながら命乞いしていた。

「さっさと連れ出せ」

　埃が収まると、どうにか星明かりで周囲の状況を観察できるようになった。

　乗客たちが助け合いながら、横になった出口から這うように出ている。そこかしこで、怒鳴り声と、銃声と、すすり泣きが聞こえていた。

「まさか、自分たちの土地でこんな目に遭うとはな」

　バニッツァは小声で嘆いた。

「ま、とにかく出ましょう」

　息があるかどうかも解らない乗客を、とにかく担いで外に連れ出す。明らかに死体だと解る人間を含めて、一〇分余りで全員が外に出た。

　全部で、三〇〇名近い乗客たちが、線路際の原っぱに集合させられた。うち、五〇名ほどは、死んでいるか、まったく意識が無い状態だった。

バニッツァたちは、その中心部にいて、ロシア軍の警備兵が、身ぐる剝がされて武装解除されるのを見守っていた。

アナスタシアは、脇腹を押さえたまま、バニッツァに抱きかかえられないと、立っていられない状態だった。

「どうする、イゴーリ」

「そりゃあ、国連の出番でしょう」

「止してくれ。今名乗りでたひには、面倒の元だと射殺されるだけだ。私をウクライナ人だと見る奴はいない。みんな、KGB崩れのスパイだと思うさ」

「何か、政府関係者であることを示すものを持ってます？」

「いや、今回は綺麗なビザしか持ち歩いていない。国連職員のビザは目立つからな。君は？」

「ええ。生粋のロシア人であることを示すもの以外は何も」

「やはり君の出番じゃないか？　メモリアルはチェチェンにも受けがいい」

「中佐、今の会話、しっかりと覚えておきますからね……、アナスタシア、どっちが行くべきだと思うね？」

「……貴方が行くべきよ」

アナスタシアは苦しげに呻いた。

「何でだよ……」

「相手を刺激しないためよ。中佐は、歳を取りすぎているわ。ゲリラは警戒するだけよ。メモリアルの若者なら、彼らは、受け入れるかも知れない。もっとも、私は乱暴に犯されたけど」

「しょうがないな……」

イゴーリは腹を括《くく》った。確かに、国連職員という信用ならない肩書きのバニッツァより、メモリアルの自分の方がましだ。

「じゃあ、後は頼みますよ。僕のアパートにいる猫をよろしくな、アナスタシア」

「ええ、貴方の名前を付けた奨学金制度か、人権に関する賞を作ってあげるわ」

イゴーリ・スミルノフは、集団の中で、人をかき分け、しかし注意を引かぬよう、ゆっくりと前へ歩き始めた。

突然、ピストルの銃声が響き、何かがドサッと倒れた。女たちの悲鳴が聞こえた。誰かが、「警備隊長だ……」と小声で囁いた。

列の先頭に出ると、けが人の向こうに、後ろ手に縛られたまま、頭を撃ち抜かれてその場に崩れた士官がいた。

兵士たちは、上着もズボンももぎ取られ、シャツ一枚で寒さに震えていた。ロープが足首にまかれ、ムカデのようにして連行する準備が進められていた。

「自分で歩けない者は置いて行く。ただし、ここに留まる者は、ここで死んで貰う。出発だ――」

湧き起こるざわめきの中から、イゴーリは、まずいよなぁ……と思いながら口を開いた。

「あの……」

最初小さく、やがて大きく。

外務省の研修では、ＣＩＡやＦＢＩの尾行をまく方法については、詳しくトレーニングを受けたが、反ロシア勢力に誘拐された時の身の処し方など学んだことは無かった。ソヴィエトは、もっぱら誘拐を唆《そそのか》す方だったのだ。

「あの……、指揮官と話したい！」

イゴーリは声を上げた。喉がからからだった。銃口がいっせいにこちらを向くのが解った。

「なんだ？」

ピストルを持った男が振り返った。相当な年齢に思えた。

「あの……、その、話し合いを……」

「誰と？　誰が？……」

「私は、イゴーリ・スミルノフ、人権擁護団体のメモリアルのメンバーです」

「メモリアル？　ほうそれで？」

幸い、相手は興味を抱いてくれた様子だった。第一ハードルは突破だ。

「人質の扱いについて、話し合いに応じて貰えないかと」

「私の名前を教えよう。マホメッド・ガストラだ」

ああ、なんてこったい！　誰も生きては還れない。この前彼が病院を襲った時は、まだへその緒が付いた赤子を母親に抱かせて弾の下を潜らせ、二〇〇人の病人をバスに詰め込み、最後に解放されて助かったのは、ほんの十数名だった。

ガストラの残虐さに比べれば、軍隊機構を持つアルバミの手口など、紳士に見えると言われたものだ。

人質たちの中から絶望の嗚咽が漏れ始めた。

「何も、ロシア軍の真似をすることはない。動けないかどうかは、見れば解るでしょう。バスもないのに、老人や、足の折れた人間を連れて行っても足手まといになるだけだ」

「そういう運のない連中は処分すればいい。ロシア軍もそうやったぞ。進撃する道中の家々を焼き、帰りには、家財道具を一切合切盗み、女たちを犯して帰ったじゃないか？　連中と同じことをしていかんという法はない」

「ですから、ロシア軍と同じことをやる必要は無いと言っているんです。乗客の半分は、貴方と同じムスリム、チェチェン人ですよ。彼らにだって、貴方と同様、家族がいるんですから」

「殺っちまえ！」と誰かが叫んだ。

「同胞は返すさ。もちろん。ロシア人を返すかどうかは、軍の出方次第だろうが」

「二〇名は、多分死んでいる。まったく身動きできないのが、少なく見ても、三〇名はいる。この一人一人に弾を撃ち込んだら、五〇発が無駄になり、それだけ時間も掛かる」

「ブレーキを掛けて止まれば良かったんだ！　引き返して逃げようなんてことをするから……」

この大量のけが人は、ガストラにとっても予想外だった。

「……ムリエフ中尉、死んだ奴と、助かりそうにない奴は置き去りにする。無駄弾は撃つな。わざと死んだふりをした奴は撃ち殺せ」

「しかし……」

「脱線したお陰で手間を取った。そろそろロシア軍も気付くはずだ。対戦車ヘリに来られたんでは叶わない。すぐにもここを脱出しなければならない」

「解りました。先へ行って下さい。後で追いつきますから」

ムカデの集団が歩き始める。イゴーリは、ゲリラに引き立てられ、後ろ手に縛られて、ガストラの前に引き出された。

ガストラは、結構な早足で歩き、その場から少しでも早く遠ざかろうとしている様子だった。

「何ていう名前だって?」

「イゴーリです。イゴーリ・スミルノフ。ロシア軍の調査に入ったんですが、情勢が厳しそうなので、乗って来た列車で引き返す所でした」

「連中は大攻勢に出ている。この闘いに勝てなければ、チェチェンやダゲスタンが独立するチャンスはない。だから、われわれもあらん限りの手を尽くす」

「…………」

どう言葉を返していいものか解らなかった。

「何か言えよ」

「すみません。こういう時、どう言えばいいのか……。自分は戦争には反対です。貴方が家族を失ったように、ロシアにも、兵士として家族を失った者たちは大勢いますから」

「馬鹿な奴らだ。殺されるために、のこのこと若者を駆り出してやって来る」

「そうですね。ただ、我々は誰に対しても公平な立場を取っています。だから、貴方のやっていることを許す気にはなれない」

「許す？　私は、誰にも許しを請う気は無いよ。単に、仲間と復讐を果たしているだけだ。戦死したロシア人の何十倍ものチェチェン人が虐殺された。連中は、その隣に一緒に住むロシア人だって、見境無く銃殺したからな」

後ろ手に縛られているせいで、イゴーリは時々身体のバランスを崩して倒れそうになった。

「何処かで断ち切るべきだと思いませんか？」

「ロシアが独立を承認するまで、和解は無いだろう。結局は、アフガンみたいに、ロシアは一〇年粘って帰って行く。昔ならいざ知らず、われわれは今何処からでも武器を購入できるからな。われわれはいつでも撤退し、いつでも戻ってこられるが、軍隊はそうも行かない。燃料や食料や、給料まで確保しなきゃならないからな」

「はあ……」

先が長くなりそうだ。この老人は、イエスでない返事を遣す話し相手を求めていたのだなと思った。

バニッツァは、アナスタシアの肩を抱いて歩いていた。自分がアナスタシアより落ち込んでいることを、彼女に悟られまいとするのが精一杯だった。

アリョーシャを担いで逃げ出そうとした時とそっくりだった。アリョーシャが酷い出血をしていたことを思えば、まだ救える状況だった。ここはロシア語が通じるし、何より仲間がいる。

「大丈夫かい？」

「腎臓の辺りを打ったみたい……。この調査はついて無かったわ」

「弱音を吐くな、君らしくもない。イゴーリはうまいことやっているみたいだ」

「どのくらい歩くの？」

「たぶん、夜明けまで歩きづめだろう」

「あたし、たぶん、もう一時間も歩けば、置いて行ってって言い出すかもよ」

「何処かで休憩させて貰おう。そこで担架を作る」

「どのくらいの間、人質になるのかしら……」

「さあ、短くても、一週間は覚悟しておいた方がいい。ロシア軍と接触するだけでも、一日二日は掛かるはずだから。しばらく野宿だろうな」

「ねえ、中佐。姉の最期を教えて頂戴。せめて、意識がはっきりしている間に聞いておきたいの」

「知りたければ生き延びろ。俺は喋らんぞ」

無線機が無いのが悔しかった。連絡さえ取れれば、チーム・オメガは、半日で駆けつける。ＳＨＡＤＷなら、アメリカ大陸からほんの二時間で部隊を展開できるのだ。

斗南無が、一刻も早く気付いて手を打ってくれることを祈るのみだった。

列車襲撃の知らせが、グロズヌイの司令部に届いたのは、深夜を過ぎて日付が変わってからだった。

ドグシェント将軍は、司令部地下のベッドで横になっていた所だった。

起こす役目の、チェルナビン中尉は、国連スタッフを送っていったせいで、貧乏くじを引かされていた。

将軍は、毛布をはね除けると、瞼をこすりながら「何時だ？」と呟いた。

「一時を回った所であります将軍」

「一時？　敵の攻勢か？」

「その可能性もありますが、マハチカラへ向かっていた列車が乗っ取られました。最終便で、ダゲスタンへ入った所です。五時間ほど前の出来事と思われます」

「五時間？　何だそれは……」

「人家のない丘陵地帯で襲われたようでして」

「アルバミの手の者か？」

「警備隊長の、トクマイ・ロジェストビンスキー少尉が、現場で後ろ手に縛られたまま射殺されていました。手口から見て、ガストラではないかと。列車が脱線したせいで、だいぶ負傷者が出ました。ガストラの名を聞いた者がいます」

「ガストラ？……。奴は、アルバミとの覇権争いに敗れて引退したんじゃなかったのか？」

「あやふやな情報ですから、とりあえず、夜間監視機能を持つ対戦車ヘリ部隊に偵察を命じました。空軍の支援も得たいと思いますが」

「ああそうだな……。空軍は駄目だろう。夜は山岳地帯の飛行を嫌う。予備兵力が朝、入るはずだろう。二個小隊ほど君に預ける。敵の居場所が解ったら、地上から圧迫を加えろ。痛いな……。乗客はどのくらいの数だ？」

「二〇〇名はいたものと……」

「そんな数を引き連れて、そう遠くへは行けまい。ヘリ部隊で探せば直ぐ見付かるさ」

「モスクワへは何と？」

「ありのままを話せばいいさ。別に、ここじゃ、集団誘拐なんざ珍しくない。まてよ……、あの国連スタッフを見送ったのは君だったな？」

「はい。何でも、政府要人の娘の、メモリアルの活動家と、バニッツァ中佐が乗っておられました。二人とも、連れ去られたものと思われます」

「そいつはまずいな……。日本人はどうした？」

「彼は残りました。まだ、町外れの村にいるはずです」

将軍は、覚悟を決めて起き上がった。

「ロシア人だけというのは不幸中の幸いだが、国連スタッフとあっては、余計な注目を浴びる羽目になる。すぐロシアへ電報を打て。その政府要人の娘ってのは何者だ?」

「さあ、存じません」

「どうせ一週間かそこいら掛かるだろうが、迅速に動いたという証拠を残さねばならない。すぐ、その日本人を連れてこい。事情を説明しなければならない」

「了解しました。もし、敵や人質を発見した場合はどうしましょう?」

「私が状況を判断するまで、武器使用は禁止する。もっとも、相手がガストラとあっては、そうもいかないだろうが……。ああそれから、グルジア外務省のダジル・トリスポイにも知らせておけ。グルジアの協力が必要になるかも知れない」

将軍は、副官に戦闘服を用意させ、「難儀な連中が……」と呟きながら、階上の作戦室へと向かった。


アナスタシアは、4時間歩き通して微熱を出し、バニッツァに背負われていた。

行軍を脱落したチェチェン人の老婆二人が、問答無用で射殺された。他に、心臓発作を起こした老人一人が死んでいた。

イゴーリは、先頭のガストラの集団に捕らわれたままで、乗客の集団からは見えなかった。その間に、ロシア軍の警備兵士たちの集団がいた。

小休止は一時間置きに五分間。皆、次の一時間を歩き切ることに必死だった。

「ご免なさい、中佐。こんなことに巻き込んで……」

「アナスタシア……、アリョーシャは、最期の瞬間まで弱音を吐かなかった。彼女は、決して諦めない女だったよ。意志の強さでは、僕ら二人分の神経を持ち合わせていた」

「姉は苦しんで死んだの？」

「ああ、残念だが、ベッドの上では死ねなかった。来るはずの助けが来なかったんだ。政府は、僕らを裏切った。だから、アルバミはロシアを捨て、チェチェンに戻って反ロシア運動に身を投じた。たぶん、僕の故郷が独立しなかったら、僕はやっぱりウクライナに帰り、ロシアに対して独立闘争をやっていたはずだ。だから、僕はアルバミの今を非難はしない。だけど……、何て言えば解って貰えるかな……。たぶん、アリョーシャは、誰も恨まなかったと思う。僕も、彼女を見捨てた政府すらも、そういう時代だったんだよ。僕らは、国のために犠牲になることをむしろ誇りだと思っていた。そんな連中が、西も東も、冷戦の最前線で戦っていたんだ……」

「貴方たち二人は、苦しんだのね」

バニッツァは、それには答えなかった。あれはもう、ソヴィエト崩壊と共に、心の奥底にしまい込んだつもりだった。そこに引き出しがあることすら、忘れていたつもりだった。

遠くで、ヘリコプターの爆音が響いていた。隊列が停止し、しばらく休むことが出来た。

「頑張ろう、アナスタシア。明日の夜まで頑張れば、必ず僕の仲間が、助けに来てくれる。君は、アリョーシャの分まで幸せにならなきゃならない。そういう運命にあるんだ。きっとアリョーシャが守ってくれるさ」

「このゲリラたちは、同意しないでしょうね。彼らの家族を、ロシア軍の砲撃から守ってくれる霊魂は無かった。キリストもマホメットも、ここにはいないのよ」

確かに、ここに神はいそうになかった。だが、バニッツァが今欲していたのは、MP5サブ・マシンガンを持った兵隊を、宇宙から投入して来る、現代の神だった。


斗南無は、疾走してくるBTR装甲車の騒々しいエンジン音で目覚めた。ジーンズをはいたまま寝ていた斗南無が、靴下をはいて飛び出ると、昼間迎えに来た中尉がドアをノックしようとしていた所だった。

「すみません、夜分に」

「いや。何か?」

「装甲車へ乗って頂けますか？　実はちょっとトラブルが」

「あの二人に？」

「ええ」

斗南無は、中尉に通訳してもらい、起きてきた家人に、しばらく帰れないかも知れないと伝えて貰った。

装甲車の乗員たちは、皆ピリピリしていた。

ＢＴＲ装甲車は、赤外線ライトを点灯し、昼間と変わらぬスピードで疾走した。

「ゲリラに列車が襲撃され、二〇〇名余りの乗客が誘拐されました」

「アルバミの部隊にかね？」

「いえ、マホメッド・ガストラといいまして、この辺りでは、一番たちの悪いゲリラです。残忍さでは、アルバミの一〇人分ぐらいですね」

「ああ、名前だけは聞いたことがある。一番最初、グロズヌイでロシア軍とドゥダエフ派が衝突した時、彼が住んでいた村ごと焼かれて、家族を失い、それでゲリラ活動に身を転じたんだろう？」

「ええ。彼は、もともとチェチェン・マフィアの大元締めでしてね、軍も真っ先に奴の家から火を放った。マフィアのボスをやっていた当時は、物わかりのいい親父として、周辺マフィアの取りまとめ役をやっていたそうですが」

「乗客の行方とか……」

「解りません。二人が連れ去られたことは確かです。列車が脱線しましてね。その後解った所では、列車を無理に後退させようとして脱線を招いたと、警備隊長がガストラに射殺されたみたいです。けが人はそのまま置いていかれましたが。ちょっと不思議なんですよ。いつものガストラなら、老人やけが人なんて、その場で射殺するのに」

「老人と言っても、チェチェン人だっているわけだろう?」

「そうですが、こんな時、国を捨てて逃げ出そうとする連中に寛大になるような男じゃありません。誰か、ガストラと交渉した人間が乗客にいたそうです。ひょっとしたら、中佐かも知れません」

「それは無いだろう。連中は、スパイはすぐかぎ分ける。バニッツァがそんな危険を冒すとは思えない」

内務省出張所ビルに二人が到着すると、窓には煌々と灯りが点り、兵士たちが忙しく行き交っていた。

ドグシェント将軍は、眠気ざましのガムを嚙んでいた。

「夜分に済まない。ミスター・トナム。それに、ガムなんぞ嚙んでいて。コーヒーは胃に悪いし、煙草は肺に悪い。今、ロシアで病気になってもろくな治療は受けられないからね、コーヒーは、日に五杯までと決めているんだ」

将軍は、床のジオラマの端っこを指さした。

「このジオラマには無い。何しろダゲスタン内での出来事なのでね。方向が違う。このジオラマの縮尺で説明すると、部屋をはみ出して、廊下の向こうぐらいだろうな」

「その後、情報は？」

　斗南無は、山を囲むように貼られた黄色いテープが気になった。

「うん。今、けがをして取り残された乗客たちの事情聴取の報告が届きつつある。断片的だがね。どうやら、メモリアルの人間がもう一人列車に乗っていたようだ。若者だそうだが、彼がガストラと交渉し、射殺寸前だったけが人たちを解放させたらしい」

「捜索は？」

「赤外線暗視装置を持つ対戦車ヘリを三機現場に派遣した。まだ発見の報告は無い。ここに情報が届くまで、四、五時間を無駄に過ごしたのでね。悪く思わないでくれ。これは敵の陽動作戦の可能性もある。そう軽々に部隊は動かせないんだ」

「もちろんです。一応、上司に報告したいのですが、電話をお借りできますか？　普通に国際電話が掛けられる回線があると助かるんですが……」

「軍の通信回線を提供してもいいが、中尉、そういうのはあるのか？」

「ええ、二、三本でしたら、普通にモスクワに掛けられる回線があります。国際電話は駄目です。ジャーナリストに、いい加減な情報を流されると困りますから、国際電話は繋がないよう命じてあります。でも、軍が間に入れば問題ないはずです」

チェルナビン中尉が答えた。盗聴されるだろうが、背に腹は代えられないというのが、斗南無の気持ちだった。

斗南無は、出張所ビル一階に設けられた通信大隊のセンターで、交換機が並ぶ小部屋にボツンと置かれた黒電話に案内された。

斗南無には読めなかったが、パイプ椅子の背中に「私用厳禁！」と張り紙があった。

電話が繋がる間、斗南無は、何気ない感じで、ジオラマのことを尋ねた。

「あのジオラマに、山を囲むようにテープが巻いてあったけど……」

「そうでした？　ちょっと気づきませんでしたが、何でしょう。そのエリアを死守するという意味でしょうかね。あとで誰かに聞いてみますよ」

電話が繋がると、中尉は、「ごゆっくり」と告げてその場を離れた。

斗南無は、パイプ椅子に腰を降ろし、受話器を取った。まあ、電話があり、必要な時に連絡が取れるというだけでも有り難い。アフリカでは、電話がある場所まで三日がかりの移動が必要だった。

「もしもし、ヘルを出してくれ、ヘル・メイヤを……」

「……ブルと呼べ、ブルと」

ブル・メイヤが本部ビルにいてくれたのは幸いだった。ニューヨークはそろそろ夕方だ。

「何か解ったか？」

「バニッツァが誘拐されました――」

いつまで回線が持つか解らなかったので、まずそのことを早口で喋った。

「グッドニュースは何も無いですね。今、ロシア軍司令部が陣取るグロズヌイの内務省出張所ビルから掛けています。バニッツァが、昔因縁のあったらしい女の妹を連れてマハチカラへ脱出する途中、ガストラ一派のゲリラ勢力に襲われ、二〇〇名ほどの乗客と一緒に人質になった模様です」

「そうか。たぶん、ライトニングを巡ってはそちらでそれ以上の情報入手は無理だろう。いったんそこを脱出しろ」

「そりゃ出来ません。向こうのゲリラ勢力と接触を図り、釈放に努めます」

「バニッツァのことは放っておけばいい」

「彼が諜報関係の人間だと解れば、生きては帰れない」

「そんなことは承知の上だろう」

「だから！　ボス。手を打つなり、ロシア政府に影響力を行使するなり――」

「ロシア人みたいな貧乏人に何を頼めというんだ？」

ロシア人が盗聴していることを承知で、こんなことを言うのだ。この男は。

「トルコ経由で、直ぐにもそこへスコーピオン・ガスを派遣する。奴と話をしろ」

「俺はいつまでも、ここにいるわけにはいきません。ゲリラと接触しなきゃならない」

「朝までにはそこの屋根に送り届ける。心配するな。奴は今トルコにいるんだ。ロシア軍の司令官に話を付けておけ。米軍機が飛んでくると」

「そんな無茶な？　そんなことは、ロシア政府から話を通させて下さいよ」

「私も多忙でな。それに、出来れば現場だけの判断で済ませたい。まあ、電話の一本ぐらい入れてやろう。たいしたことはない。君らがこれまで遭遇したトラブルの内では、まだましな方だ。そうだろう？」

「まあ、それはそうでしょうけれどね」

「では、心配するな」

「ライトニングの件はどうするんです？」

「そちらで収穫が無いんなら、しょうがないじゃないか。バニッツァのことは忘れてカスピ海で保養でもして来るんだな」

「勝手にやらせて貰いますからね。それから、ロシアの主権には留意して下さいよ。一応安保理のメンバーなんですから。問答無用に特殊作戦部隊《SOF》を送り込むなんていう乱暴は止めて下さい」

「たかが、国連スタッフを救出するために、俺がＳＯＦを送り込むって？　俺がそういうことをするような善人に見えるか？」

「いいや、思いませんよ。じゃあ、アウト――」

確かに、職員のために汗を流すような男じゃない。だがそれなら、スコーピオン・ガスがトルコに入っているというのは、どういう理由だよと思った。それほど俺たちが信用できないということだったのか……。

斗南無は、中尉を捕まえて、明け方、支援スタッフがトルコ領内から到着すると伝えた。

どうやって？　と尋ねられたので、ヘリか何かでしょうと答えるに留めた。一応、ロシア政府トップと、事務総長が話をすることになるだろうがと、適当に話をでっち上げはしたが、中尉は半信半疑だった。

ドグシェント将軍は、適当にやってくれという感じだった。どうせ彼は、直にそれどころではなくなるのだ。

シーデビルは、グルジア沿岸に四〇海里まで接近したエリアで、グルジア領海内に逃げ込んだシーフォートレスを追っていた。

彼らは、身動きが出来ないポジションにいた。

周囲を、ロシア艦隊に囲まれていたのだ。

ブル・メイヤから命令が届いた時、起きていたのは桜沢副長だけだった。

時間は、現地時間で午前二時半を回った所だった。

上着を引っかけながらブリッジに現れた片瀬艦長は、「まず、ここから逃げなきゃな……」と呟いた。

「シーフォートレスをロストすることになりますが……」

「やむを得ないだろう。こんな所で離陸させたんじゃ、ロシアのフリゲイトのレーダーから逃れようが無い」

「小島でもあれば、島陰に隠れられるんですけれど……」

「やむを得ないな。南へ離脱しよう。航路算定を頼む。速度は上げていい。一時間以内に、オスプレイを離陸させる」

艦長は、眠気を抑えながら艦内マイクを取った。

「飛行配置を命じる。全てのフライト・クルーは直ちにブリーフィング・ルームへ。ラッツィ少佐もブリーフィング・ルームへ」

すでに、飛行配置を命じるアラームが鳴っていたため、大方のフライト・クルーが、飛行班専用のブリーフィング・ルームに集まっていた。

空母のそれに比べても、決してひけをとらない。リクライニングをゆっくりと取った。仮眠も取れるブリーフィング・ルームだった。

艦長に続いて、ラッツィ少佐が現れた。

「掛けてくれ」

片瀬艦長は、赤い暗視照明の下で、壇上に立った。

「ブル・メイヤよりの命令だ。グロズヌイへ、ラッツィ少佐をチーム・リーダーとする支援スタッフを空輸する。至急だ――。バニッツァ中佐が乗ったマハチカラ行きの列車が、ダゲスタンへ入った所で襲撃され、二〇〇名ほどの乗客が人質として拉致された。まだ中佐の安否も人質の行方も解らない。誘拐したグループは、当地で最も過激とされるチェチェン・マフィアである。現状、解っていることはそれだけで、われわれは、グロズヌイの内務省出張所ビルにいる斗南無と接触し、通信ルートを開設するため、マイクロSATコムを持参する。君たちから質問がある前に話すと、メイヤから言ってきたのは、それだけだ」

艦長は、通信紙に視線を落としながら、忌々しそうに言った。

「領空通過に関するプロトコルをどうするかとか、現地司令部と飛来機は連絡が取れるのかどうか？　ラッツィ少佐を送り込んだ後、どうするのか？　そういったことに関しては、いっさいの連絡は無い。いつものことだが、質問は？」

「ああ、俺一人というわけではないんだね？」

ラッツィ少佐が尋ねた。

「そうだ。ある程度のフリーハンドがあるものと考えていいだろう。誰か連れていくかね」

「俺よりロシア語がうまい奴を一人連れていく。アラビア語もできる。私服で入るんだろうが、武器は駄目だろうね？」

「武器は駄目だ。制圧作戦が前提でもない限り、武器の携行は駄目だろうな。もっとも、その決定権を持っているのは、君であって、われわれはタッチできないが、どうするね？」

「持たない方がいいだろう。異議は無い。マイクロＳＡＴはこのエリアをカバーしているのかな……」

　世界中を衛星携帯電話網で結ぶため、七十七個の通信衛星でカバーしようというイリジウム計画は、まだスタートしたばかりだった。

　低出力のやりとりで済むため、携帯電話を小さくすることが可能だったが、反面、衛星軌道を高く取れないため、多くの衛星を打ち上げる必要があった。

「試験運用段階だが、国連本部がサテライト・オフィスと連絡を確保している。この辺りはすでにカバーされている。問題ないはずだ」

　とステアー少佐。

「オスプレイは、ゲリラの制圧地域を飛ぶわけだが、当然護衛がいるんだろうね？」

「もちろんだ。まだ夜間作戦になるが、少佐のハリアーで護衛して貰えると助かる」

「了解。対空、対地装備、どちらで行くね」

「ゲリラを誤射して、その下にバニッツァ中佐がいたでは困るが、対地装備でいいだろう。応戦は、交戦法規の適用範囲内で願います。ロックウェル大尉、質問は？」

「他に持って行くべき装備はありますか？　医薬品であるとか……」

「いや、なるべくなら、目立つような行為はしたくない。人員輸送だけでいい」

「もし、中佐の居場所が解った後の措置、つまりチーム・オメガを投入するとか、あるいはSHADWを呼び寄せるとかは、これから詰めることになるだろう。コマンチは、エンジェル・フライトに備える。他に質問がなければ掛かってくれ。フライト順位は、オスプレイ、コマンチ、ハリアーの順で。フライト中本艦との通信は、マイクロSAT経由とする。ハリアーのステアー少佐とは、UHF波使用を許可するが、僚機とのやり取りに留めてくれ。こちらと通信する必要があったら、オスプレイ経由で。他に質問は？」

「しかし不思議だなぁ……」

　ラッツィ少佐が漏らした。

「ブル・メイヤという男の性格からして、自分の部下のために救いの手を差し延べるとは思えない」

「それは、たぶん全員の疑問だろうと思うが、そこを突っ込んで今メイヤに機嫌を損ねられても困る。しばらくは知らん顔をしておこう。では、諸君、直ちに作業に掛かってくれ。本艦は今、ロシア艦隊のレーダー・カバレッジから外れるべく待機中だ。もう三〇分は飛行許可は出せない。慌てず、ゆっくり、確実な作業を頼む。解散」

続いて、シーデビルの気象班長が現れ、一〇分間、現地の気象レポートを行った。特に天候に不安は無いが、班長は特に、明け方、黒海性の深い靄が発生するので、注意するよう述べた。

ロックウェル大尉は、コーパイのミッシェル・パークス中尉を前に、「あたし二時間も寝ていないわ……」と頬をさすった。

「ほら、お二人さん、熱いコーヒーだ」

ステアー少佐は、後ろのコーヒー・メーカーから、マグカップに熱いコーヒーを入れて持って来ると、自分のシートをぐるりと回して、二人に向き合った。

「あら、気が利くじゃない。スティーブ」

「ああ、傷ついたこともあってね、それで、自分には何が欠けていたんだろうと禅寺に籠もって反省したんだ」

「良く言うわよ。あんたもブリーフィングしなさい」

「そうは言っても僕は一人で飛ぶし、ミドリのケツに付いていくとなれば、そっちのフライト・プランが固まらないと、ログ・ブックの書きようも無いよ」

「あんた、もう一〇年ぐらい禅寺に籠もった方がいいわよ」

「冗談はともかく、行きよりも帰りの方が大変だと思わないか？」

「どうして？」

「もう夜が明けている。たぶん、その頃には、誘拐した集団が何処へ逃げたかも、おおよそ目処が付いているはずだ。何しろ、二〇〇名も連れていれば、幼稚園児をピクニックに連れ出すようなものだ。一マイル歩くのに一時間は掛かる。捜索に加われとか、ひょっとしたら、俺は会ったことはないが、その仲間がいる真上に爆弾を落としてくれなんていうことになるかも知れない」

「あんたそこまで考えて対地装備にするかって艦長に尋ねたの？」

「まあね。必要ならやむを得ない。だが、ハリアーの偵察ポッドは役に立つぞ。現像なしで、デジタルデータを再現できる。もし場所さえ解れば、中佐が無事かどうかも判断できるかも知れない」

「あたしたちが介入すべき問題じゃないわ」

「そうだが、たぶんそうせざるを得ないだろう」

「なんでよ？」

「鈍い奴だな……。俺はメイヤという男は知らないが、彼がわれわれに出動を命じた理由は、バニッツァ中佐を救出するためじゃない。人質問題に手を貸して、早急に解決すべきだと判断したってことさ。奴は、チェチェンの側じゃなく、がたがたのロシア軍を支援しろと言っているのさ」

「へぇ……、そうなんですか……」

パークスが、尊敬の眼差しでステアーを見た。

「少佐って、頭の回転が早いんですね」

「中尉、ハリアーのパイロットは命がけだ。何しろ、僕らはオート・ローティションなんてことが出来ないのでね、エンジンがフレームアウトしたら、その瞬間にただの合金の塊と化す。頭脳明晰で無いと生き延びられないんだ」

「あんたのその間抜け面で、まじめなことを言うのは止しなさい！　ミッシェル、ルート決定からよ。トルコ軍を刺激したくないから、グルジア領空を飛びましょう。どうせ向こうのレーダーサイトは死んでいるはずだから」

ラッツィ少佐は、万一救出任務が重ねて加わった場合、後続の本隊を、コマンチで輸送して貰う手はずを整えた。

シーデビルは、シーフォートレスのソナー探知範囲から脱すると、速度を上げて、トルコとグルジアの国境線近くへと針路を取った。

長い時間、登りが続き、人質となった乗客も兵士たちもへとへとだった。一時間置きの休憩は、三〇分置きになり、休憩時間は、五分から、七分へと延ばされた。

高度は、まだ七〇〇メートルぐらいだった。カフカス山脈の端っこに位置する場所なので、それほど高くは無い。高度三〇〇〇メートルぐらいが限界だろうと思った。

アナスタシアを背負うバニッツァ中佐は、息も絶え絶えで、今にも心臓が飛び出しそうだった。

数回の休憩を経た後に、ようやくロシア兵たちは、足首のロープを胴体へと変えられ、少しは歩きやすくなっていた。

イゴーリは、手首のロープを解かれ、休憩時に初めて人質の輪の中に戻ることを許された。

イゴーリがバニッツァを見つけた時、彼は、地面に横たわるアナスタシアの脈を取っていた。時々意識を取り戻したが、そう長くは持たないだろうとバニッツァは思った。

「大丈夫ですか？」

「まだ生きている。かろうじてね……。ひょっとしたら、腎臓が破裂しているかも知れない。暗がりで良く解らないんだ……」

バニッツァは憮然として答えた。

「君は何をやっているんだね？」

非難めいた口調だった。

「交渉です。休憩時間を多めに取るよう頼みましたよ。わざと転んで見せて、兵士たちのロープを緩めるよう頼みもしました。何が仰りたいんです?」

「担架が欲しい。運び手も。彼女だけじゃない。次の休憩時間までに、また何人もが動けなくなるだろう。ゲリラは、今度は殺さないかも知れないが、狼の餌になるのを待つようなものだ。ここで置き去りにされたら助からない」

「頼んでみます。兵士たちのロープと、そこいらへんの木を切って担架を作らせましょう」

「済まなかった、イゴーリ……。ちょっと気が立っていて……」

「彼女は解っています。こういう目に遭うことを覚悟してわれわれのメンバーになったんですから。メモリアルでは、すでに二人のメンバーが命を落としました。貴方の責任じゃない。希望を持ちましょう。対戦車ヘリがひっきりなしに飛び回っている。われわれを捜しているんです」

「ガストラはどんな感じだ?」

「個人的な感想ですが、われわれの扱いに関しては、以前のケースよりはましになりそうな気がします。聞くと実際に接するとはえらい違いで、彼は疲れています。自分がやって来たことに嫌気が差しているような印象を受けます」

「こんなに絶望的な気分になったのは初めてだよ。昔はもっと楽観的な性格だったんだがな、歳を取ったせいかな……」

「夜明けになれば、少しは状況も好転するでしょう」

「ああ、そうだな……」

　出発の口笛が鳴らされると、バニッツァは、イゴーリに手伝わせ、アナスタシアを背負って再び歩き始めた。


　ラルス・ツァムス・ロシア大使館参事官は、夕方のシャトル便でニューヨークへと入り、国連本部ビルへと直行した。

　長身で、豊かなあごひげを蓄えた彼の姿は、すぐ記者団の目に付くところとなったが、ツァムスは、「分担金支払い問題に関する、いつもの長く辛苦な訴えと折衝に出向いたままでだ」と煙に巻いた。

　ツァムスは、メイヤのオフィスへ入るなり、ビルの谷間に沈む太陽を視線で追いながら「これはアメリカの責任だ！」とぶちまけた。

「ＣＩＡが、あのアーセナル・シップの情報をわれわれに与えていれば、もっと早い内に手を打てたんだ」

「列車襲撃とは関係ない。アーセナル・シップの問題は、本来君らが監視すべき問題じゃないか。種を仕込んでおいて、いざ子供が出来たら堕せと迫り、責任を医者に求めて貰っても困るよ。それに、私はアメリカの利益に関しては興味ない。彼らを弁護する立場にもない」

と、ブル・メイヤはにべもなかった。

「今、この問題でチェチェンに世界の注目を集めたくない。早急に解決しなきゃならない。ロシア政府としてはチーム・オメガを直ちにグロズヌイに入れる手はずをとったが――」

「それは止めてくれ。チェチェンの掃討に居座る羽目になるぞ」

「所期の目的が達成されないのであれば、それもやむを得ないだろう」

「駄目だ、ラルス！　私は要所要所で君を助けるし、ライトニングが係わっているような非人道的兵器の摘発にも協力はするが、特定民族の弾圧に、指揮下にある部隊を提供するつもりは無い。その一線は譲れないぞ。今チーム・オメガの給料や装備費、訓練費用を出しているのは国連だ」

「正確にはドイツと日本だろう」

「私の財布を経れば、札束の国旗はユニコーンの旗に書き換えられる」

「では、われわれを助けろ」

「もちろんだ。シャミールの野望が達成されることない」

ツァムスは、ファイルを一冊差し出した。

「〃オセティア〃の設計図と、予想される装備だ。乗組員と思われる連中のデータもある。このアーセナル・シップは、シャミールの手に渡った後、〃オセティア〃と命名された。チェチェン、グルジアに跨るカフカス山脈の民族の名前だ」

グルジアも安全では無いというメッセージが、その艦名に表れているとメイヤは思った。オセティア問題は、グルジアが抱える民族問題だった。

第六章　バレット

ミドリ・ムライ・ロックウェル大尉は、三〇分を要して慎重にGPSデータを航法コンピュータに打ち込んだ。これだけが頼りだった。

最高高度四〇〇〇メートルを超える山越えをしなければならない。もし不時着でもしたら、山脈地帯は氷点下の世界だ。半日と生き延びることは出来ないだろう。

固定翼機としての飛行が可能なオスプレイはともかく、コマンチで、この山脈越えをするのは困難だろうなと思った。

いざという時、助けは無いものと思った方がいい。

ラッツィ少佐は、ロシア語兼アラビア語通訳として、アラブ系アメリカ人の、ゴメス・サックス軍曹を指名してオスプレイに乗り込んだ。

捜索で山中に入ることを考え、厚着し、地図のコピー、いざという時のペンダント型の位置発信トランスポンダーを首から下げた。

「待たせた、大尉。行こうか？」

「はい。山脈越えがあるので、相当揺れるものと思って下さい。マイクロSATは持ちましたね？」

「ああ、持った。バッテリーもチェックした」

「内務省出張所ビル付近の写真がありません。たぶんボイヤント・スリングで降下することになります」

「ああ、届けてくれれば何でも構わないさ」

ステアー少佐が、ハリアーのコクピットから身を乗り出し、呼び掛けた。

「ミドリ、二〇分経ったら追いかける。ランデブー・ポイントで落ち合えなくても待つ必要はない。後でな」

こういう時のこの男は、あてに出来る。

エレベータが動き、オスプレイがフライト・デッキに姿を現す。

グロズヌイまで、直線距離で五〇〇キロちょっとだが、あちこち迂回して行くので、七〇〇キロ超の道程になるはずだった。

もし帰りに人質救出となっても、オスプレイにホバリングするだけの燃料が残っているか微妙なところだった。

翼が広げられ、最終フライト・チェックが行われる。

垂直離陸は、本来ヘリ・パイロットであるミッシェルの手で行われた。

シーデビルを発艦したオスプレイは、高度一五〇〇フィートで早くも遷移モードに移り、五〇〇メートル飛んだ所で、高度二〇〇〇フィートで完全に固定翼機としての飛行に入った。あとは、海岸線を飛び、山脈地帯を抜けるだけだった。

続いて、ハリアーの離陸失敗に備えて、コマンチ・ヘリが離陸し、ハリアーの発艦に備えた。

しかし、シーデビルが、〝オセティア〟から離れた隙に、〝オセティア〟は海岸線に接近し、浮上しようとしていた。

〝オセティア〟は、潜望鏡深度に浮上して、クルーザーとのランデブー・ポイントに向かっていた。

ベンジャミン・ロストウ博士は、鈍い光沢を放つゼロハリバートンのバッグを二つ、発令所に持参すると、一つを足下に置き、もう一つをチャート・デスクの上に置いて蓋を開けた。

「説明しましょうミスター。申し訳ないが、二つしか完成しなかった」

「二つもあれば十分でしょう」

シャミールは、完全に満足している様子だった。バッグの中身は、複雑に回線が絡み合い、いかにもハンドメイドの急造品という感じだった。

「これが、バレットです。完成した試作品の弾頭部が、銃弾《バレット》に似ていたのでそう名付けました。中性子爆弾の一種だが、正確には、ミニマム・エフェクト・ニュークリア・ウェポン、最小効果核兵器と私は呼んでいます。これ一発で、半径二〇〇〇メートル以内に存在する、あらゆる高等生物を死滅させることが出来ます。それでいて、爆発威力は、微々たるもので、キロトンでの表示は出来ません。せいぜい、一二〇ミリ砲弾を爆発させたぐらいの威力しかありません。エネルギーのほとんどは、中性子線です。これが細胞を貫いて破壊する」

「威力は間違いないですか？」

「私が知る限り、半年前、狂信的な宗教団体に対して、ＦＢＩの依頼で使用されたケースがある。効果範囲内にいた全員が、三時間以内に死亡。死因は、ガスによる中毒死と判断された。つまり集団自殺だと。その時、使われた物は、これよりソフィスティケートされて、爆発自体、せいぜい対人手榴弾程度の威力しか無かった。これまで核兵器の難点は、使えないことにあったが、これは、戦場に持ち出せる、初の実用的な兵器となるだろう。忌々しいことに、米軍は、自らの判断で、この兵器の開発を断念した」

「起爆システムは、誰にでも扱えるものですね？」

「起爆回路は複雑だが、タイマー自体は誰にでも扱える。目覚まし時計を使用した。トラップはないから、何度でもやり直せる。最大一二時間のタイマーをセットできる。気を付けて欲しいのは、この赤と緑の線を繋いだまま、目覚ましを鳴らさないこと。その瞬間に爆発する。キャンセルしたい時は、この二つのコードをプラグから抜くだけでいい。理想的な仕掛けは、山の斜面に置くことだ。見通し距離に効果が出る。仕掛けた人間は、山の反対側へ逃げればいい」

「なるほど。なるべく早い内に使うようにしますよ。そうすれば、その後の双方の犠牲を減らせる」

潜望鏡に取り付いていた艦長が、ボートの準備を命じた。

「クルーザーが現れました。ロシアのフリゲイト艦は、もう一五分ほどで帰ってきます。それまでに潜っておきたい。港へ入るまでは、ゆっくりと航行して下さい。不審を招かないように」

「うん。ここで作戦を断念する羽目になっては元も子もない。慎重にことを運ぶよ。後のことは頼む、艦長。タイムスケジュール通りにやってくれ。ただし、ロシアや米軍の追撃に遭っているようなら、無理をすることはない」

シャミールは、浮上する艦内で、ボートを準備するクルーに続いて、司令塔の下に、ゼロハリを両脇に抱えて待機した。

誰も、シャミールの脱出に気付くことは無かった。

ケイン・J・メトカーフ陸軍少佐と、四基のミサイル・コンテナを載せたC－5輸送機は、真っ暗闇のモハベ砂漠のLセクションに滑り込むと、荷物を降ろし、エンジンを停止することなく飛び去っていった。

メトカーフ少佐は、そこに何があるかを風の噂に聞いてはいたが、実際に見たことは無かった。

半地下の巨大なハンガーに案内され、格納庫六階にあるコマンド・ポストから見下ろすと、その航空機の先進さに驚かざるを得なかった。

彼の知識から言えば、二〇年は先を行く技術だった。

少佐を出迎えたジョナサン・ハワード・グローリア陸軍少将は、「このおもちゃは金喰い虫でな」と漏らした。

「どのくらいのスピードが出るんですか？」

「必要とあれば、三〇分で地球を一周する。周回軌道上から、任意の場所へ降りればいい。ま、大気圏に弾かれたら、何処へ飛んでいくか解らないが。大気圏飛行能力を備えたスペース・シャトルだと考えればいい。向こうは、垂直で打ち上げるが、こちらはスクラムジェットを併用して水平飛行で打ち上げる。来てくれ」

コマンド・ポストに入ると、何処か黒海付近らしき地図が描かれていた。

「ロストウ博士が失踪したことは知っているな」

「ええ。ウクライナで誘拐された模様だと聞かされていますが」

「誘拐じゃなく、自主的な失踪だったらしい。彼は、チェチェンや、ダゲスタン解放を目論む勢力と接触し、例の、バレットの生産を目論んでいるらしい」

「完成した恐れがあるんですか?」

「いや、幸いまだそういうニュースは無い。だが、その危険に対処する必要がある。出来ると思うか?」

「ええ。必要なのは、核種と、必要な薬剤。あとは博士の頭脳だけです」

「君が一番詳しいということで来て貰った。防御する手だてはあるのかね?」

「中性子線をですか? 厚さ一メートルの鉛のカプセルの中に入るか、あるいは水の中に潜って過ごすぐらいですね。戦車に対しても有効な兵器です。地下室に潜るぐらいでは、さして防御効果はありません。恐らく、ソフトキルで、事前に起爆回路を無能力化させるしか無いでしょう」

「あれがそうか?」

将軍は、窓の下で、SHADWに積み込まれる四基のコンテナを見下ろした。

「ええ。いわゆるEMP弾、電磁パルス弾です。強烈な電磁パルスを放射して、電子回路をショートさせます。究極の対文明兵器ですが、これでも非致死性兵器《ノン・リーサル・ウェポン》です」

「核兵器なんだろう?」

「ええ。爆発威力は、一キロトン。TNT火薬にして、一〇〇〇トン分の爆発威力を持ちます。まあ、航空機の場合、半径三〇〇〇メートル以内にいると、爆風の影響を受けるでしょうね。爆風の影響を受けなくても、機内の全ての電圧が失われ、エンジンがストールして墜落するでしょうが」

「どのくらい離れればいいんだ？」

「結局、効果範囲は爆発高度によります。最大高度を取れば、北米大陸の半分の都市を停電させることが出来ます。どんなに強力な核兵器でも、このＥＭＰ弾一発の威力には及びません」

「人間に影響は無いのかね？」

「まったく、ありません。クリーンな核兵器です」

「クリーンねぇ……。あれはミサイルなのかね？」

「ええ、空対空ミサイルのアムラームの胴体を流用しています。数十キロ飛びます。射出方法は、戦闘機の翼下パイロンからも発射できますし、輸送機に格載して、パラシュートで投下後、ブースターに点火しての発射も可能です。位置測定は、ＧＰＳで」

「最小効果範囲は？」

「高度ゼロでの爆発ということになりますが、この場合の効果範囲は、ほんの半径数キロです。ただし、これはあまり勧められません。たった一キロトンでも、核は核ですから、爆撃機一〇〇機分の被害を地上にもたらし、人を傷つけずに武器を無能力化させるという所期の目的を達成できなくなります」

ょう」
「真空管文明は、かなり生き延びますが、半導体文明は、ほぼ全滅と考えていいでし
「都市への影響は？」

「街はどうなる？」

「そうですね……」

少佐は地図に歩み寄った。

「チェチェンですか……。われわれの基準では、アメリカを半導体文明度Aとすると、モスクワがレベルCになります。このエリアはレベルEです。ほとんど影響は無いでしょう」

「ロシア軍が展開しているんだ。それへの影響は？」

「避けられません。たとえば戦車は、弾道コンピュータが完全にインパルス・キルされます。しかし、砲弾を発射することも、動くことも出来ます。T－80や72戦車ならね。われわれのM－1は、エンジンすら掛からないでしょうが。これは遅れている方が有利です。全滅はしないでしょうが、影響は受けます」

「うん。解った」

まったく、メイヤって奴は、軍人でも無いのに、何処からこんな秘密兵器の存在を嗅ぎ付けたのか……。

「それで、君はこれを使う価値はあると思うかね？」

「あります。もし、バレットを都市部で、ビルの屋上にでも仕掛けて使われたら、被害は数千数万にも及びます。いかなる犠牲を払っても阻止すべきです」

グローリア将軍は、ニューヨークへの電話を取った。

「こちらグローリアだ。ブツが届いたぞ……。いや、大気圏突破能力は無い。だから、ＳＨＡＤＷで降ろす必要がある……。いや、そうは行かない。周回軌道上の燃料タンクを補充するためのロケットが昼間打ち上げられた。今ランデブー中だ。補給に数時間掛かる……。私は、そんなことは聞いて無かったぞ！　こっちにも都合はあるんだ」

グローリアは、ブル・メイヤとの電話を不機嫌に切った。

「離陸は夜明け前になるだろう。それまで、投下エリアの検討を頼む」

「宇宙服を着用するのでありますか？」

「ああ、キャビンは完全に与圧状態にあるが、念のため与圧服を着用する。心配はいらない。うちの荒くれどもは、こいつで宇宙へ飛び、そこからオスプレイで飛び出すんだ」

「はあ……」

メトカーフ少佐は、もう一度その化け物を窓越しに見下ろした。

人のことは言えないが、ホームレスが屯《たむろ》し、子供たちが麻薬の売人をやって暮らしているこの国で、この贅沢は何だろうと思った。

オスプレイがカフカス山脈に掛かる頃には、東の水平線がうっすらと白み始めていた。

ロックウェル大尉は、暗視ゴーグルを脱いで「ふうー」と大きな溜息を漏らした。水平線が見えるというのは、有り難い。真っ暗な夜道で、たった一本の街灯に巡り会うようなものだ。

「少佐、ハリアーが見えます？」

「ああ、ちょっと待ってくれ……」

ラッツィ少佐は、バブル・ウインドーに頭を突っ込み、背後の上空を見た。

「五〇〇メートル後方、二〇〇〇フィート上空にいる」

「了解。嫌だわ。こんな所で作戦したくはないわね。ホバリングの限界高度よ」

山脈のかなりは、雪を被っていた。こんなに厳しい所で暮らしてきた民族がいるというのが驚きだった。

「あとどのくらいだい？」

「一五分でグロズヌイ上空です。何とか、下から姿を見られずに済みそうです」

「二時方向にボギー」

右舷方向に、ヘリがいた。

「ハインドかしら……」

「いや、ハボックでしょう。連中は新型機を持ち込み実戦データを取っているみたいですから」

ミッシェルが身を乗り出しながら言った。

「戦闘機が出てこないだけでもましね。ラッツィ少佐、山岳地帯を抜けるまで、左右後方の監視を願います。ここはすでにチェチェン・ゲリラの制圧地帯です」

「撃たれたらどうすればいいんだい？」

「フレアを撃って逃げます、ミサイルなら。対空機関砲なら、当たらないことを祈るしかないですね。私はそっちの方が怖いけど」

ロックウェル大尉は、山脈のピーク地帯を抜けると、高度を落とし始めた。

帰りは、機体を地上に晒す羽目になる。ステアーが言った通りだと思った。

内務省出張所ビルの作戦室では、斗南無がコーヒーを飲みながら兵士の報告を通訳してくれるチェルナビン中尉の台詞《せりふ》に神経を集中していた。

時折、ドグシェント中将が兵士に質問を返していた。

急遽壁に張り出されたダゲスタン境界付近の地図の一点に、赤い虫ピンが留められた。

「対戦車ヘリの一機が発見したようです。脱線ポイントから一五キロも山に入っている。たぶん、乗客の半分は付いていけずに殺されてますよ。ヘリは、赤外線暗視装置で、稜線上を歩く集団を発見したが、怪しまれないよう、そのままやり過ごしたようです。その後、僚機が別方向から接近し、人質の集団であると確認した模様です。二〇を超える担架を目撃したと言ってます。やはりけが人を強引に同行させたようですね」

「連中は何処に向かっているんだね？」

「解りません。夜が明けてみないと……」

「その後の追跡は？」

「現地はひどい靄が出る時間で、しばらくはヘリは危険です。夜が明けたら、まず追跡の斥候を降ろしますが」

ドグシエント将軍は、部下に下がるよう命じると、斗南無に向き直った。

「聞いた通りで、まずは発見した」

「素早い対応に感謝します。将軍、お世辞でなく、極めて迅速な行動と、的確な判断です」

「うん。まあ、ゲリラのケツを見つけるぐらいのことなら造作はない。その程度のことで、ここの問題が片づけば苦労はせんのだ。部隊を少し回すことにするよ」

将軍は、それから、その部屋にいる参謀連中に、しばらく部屋から出るよう命じた。チェルナビン中尉も出ようとすると、将軍は押し止め、通訳を果たすよう命じた。

「ミスター斗南無。微妙な問題なのでね、間違いが無いよう、ロシア語で喋らせてくれ。モスクワから、喋っていいという許可が出た。トップシークレットだ。これが公になったら、まあ、いずれはみんなが知ることになるだろうが、またここで不必要な血が流されることになる。このジオラマの、黄色いテープが囲ったエリアを見てくれ。このエリアを、自分の土地だと主張している民族が、少なくとも四ついる。まず、グルジア人、チェチェン人、そしてグルジア内で独立運動を繰り広げるオセティア人。オセティアにも、北と南があるが……。そしてわれわれロシアだ。半年前、アメリカの鉱山技師が、この地域に入った。そして、密かに採掘を行い、サンプルをアメリカに持ち帰った。彼というか、彼の会社は、流行のリモート・センシングで、このエリアに目を付けたというんだな」

「人工衛星を使い、資源の在処を探す技術ですね」

「うん、そうらしいな。で、二ヶ月前、その会社は、ロシア政府と正式な接触を持ち、採掘権に関する話し合いを持ちたいと言ってきた」

「石油は山岳地帯では出ない。何ですか？」

「これだよ」

将軍は左腕の袖をまくり、金ぴかの腕時計を誇らしげに見せた。

「ゴールド？」

「そうだ。金だ。金が出た。それも、ソヴィエト時代の金採掘を通じて、一〇本の指に入るような有望な金鉱脈が走っていることが解った。知っての通り、今、金相場は世界不況の煽りを受けて低迷している。我がロシアに、それを緊急に必要とするような理由はない。金市場自体、だぶついている。ソヴィエト崩壊前後、ロシアが金をたたき売りしたせいだが。しかし、このエリアの連中にとっては違う。グルジアや、チェチェンにとっては、十分に国家予算を賄《まかな》えるだけの収入が得られるだろう。結果は明白だ。恐らく、一〇〇年単位での果てしない戦争が繰り広げられるだろう。そこで、われわれはグルジアと組んだ。採掘される金はロシアとグルジアで折半にするということで、このエリアの支配権を確立することにした。それが、この作戦の目的だ。君の上司は、知っていたらしいがね。たぶん、ロシア政府が事前に、このチェチェン制圧に関して、国連に口出しして欲しくないからと、真相を話したのだろう」

メイヤが慌てるはずだ……。予防外交の輝かしい実績、ここにありだなと思った。

「本当に制圧できると思いますか？」

「山そのものは、何とか押さえられるだろう。高くは付くがね。最低でも、ここに一個師団をゲリラが黙るまで張り付けておかねばならない。ロシアにとっては、そこから得られる収益でカバーできるものじゃないことを考えると、高く付く」

やり取りがあったはずだと斗南無は思った。

ロシアとしては、介入せずに、成り行きに任せたかったに違いない。たとえチェチェンが独立する羽目になっても、こんな所で、泥沼の闘いにはまり込むよりはましだ。

そして、相談した相手のメイヤは、そうなる前に、ロシア軍の兵力で、一帯を制圧することを唆したのだ。泥沼の状況に陥った後、国連に押し付けられて、こんな所へ平和維持軍を派遣するよりはロシアに対応させた方がましだ。

廊下から、誰かが叫んだ。飛行機のエンジン音が聞こえていた。

「君のお仲間が来たみたいだ。迎えに出よう。ヘリの誘導員を配置に就かせろ！」

ロックウェル大尉は、着陸エリアを二度周回した。

瓦礫の山で、辛うじて形を留めている建物の前には、必ずロシア兵がいた。

「凄まじいな。さすがに無能なロシア軍でも、二年も三年も侵攻し続ければ、都市を瓦礫の山に出来るってことだな。これで民族の恨みを買うなっていう方が無理か……」

ラッツィ少佐は、バブル・ウインドーに頭を突っ込んで、辺りの景色を見渡した。

まるで、ボスニアと一緒だった。ボスニアと違うのは、ここには西側のメディアがいないということだ。

地上のヘリパッドで、赤色灯を振る誘導員がいた。

「どうします？　降ります？」

「斗南無の方に用事があるかも知れない。着陸してくれ」

そのヘリパッドを囲むように、T－80戦車が配置してあった。きっと、いざという時司令官だけは脱出できるよう、このヘリパッドは死守するつもりなのだろう。

ハリアーが、市街地上空を周回し始めた。

斗南無は、接近して来たのが、オスプレイだったので驚いた。外は薄明状態で、上空を旋回するハリアーを、赤茶けた空に黒い翼として認識することが出来た。

「UNICOONってのは何だね？　国連の部隊かね？」

一角獣をデザインした尾翼のロゴ・マークを読んで、将軍が斗南無に尋ねた。

「国連統合指令作戦機構の略です。一応、秘密の部隊です。公式には、国連は執行部隊を持たないことになっているので」

オスプレイは、そのT－80戦車の上空をフライパスすると、ようやく遷移モードに移り、着陸した。

後部ドアが開き、スコーピオン・ガスことラッツィ少佐が降りてくる。

斗南無は、七〇メートルほどを走り、駆け出てきたラッツィをキャビンに押し返した。

「地図は無いか⁉　ガス」

「この付近の⁉」

怒鳴りながら、斗南無は、ヘッドセットを被った。

「人質の居場所をだいたい特定できた。ヘリが遠巻きに偵察している」

「解った。場所だけマーキングして帰って貰おう。ミドリ！　偵察の判断はステアー少佐に任す。位置をマーキングして離陸してくれ」

ロックウェル大尉は、斗南無にONC航空マップとマジックを差し出した。

「襲われたのがここで、人質が発見されたのがここだ……」

斗南無は、マークした地図を大尉に押し返すと、ラッツィ少佐らと共にオスプレイを降り、風圧から逃れようと走った。

オスプレイが早々と離陸する。斗南無は、少佐をまずドグシェント将軍に紹介した。

「お世話になります、将軍」

「こちらこそ。モスクワからは、この人質問題に関して、君らと密接な連絡を取り合うよう命令を受けている」

「恐縮です。一刻も早い解決に努めたいと思います」

「将軍、ＢＴＲを一台お借りできますか？」

「もちろん。間もなく、増援部隊が到着する。その中から、部隊を割いてチェルナビン中尉に指揮させるつもりだが、君たちと連絡を取りつつ救出作戦を展開するよう命ずる。何も無ければ私はこれで失礼するが」

「ご協力に感謝します、将軍」

ガスは、外交的な笑みを浮かべて敬礼した。

斗南無とガスは、司令部前に横付けされたＢＴＲ装甲車に乗り込むと、額を付き合わせた。ゴメス・サックス軍曹は、運転席に乗り込み、運転手と早速ロシア語のリハビリを始めた。

「ガス、なんでこんな所にオスプレイがいるんだ？」

「ブル・メイヤから聞いてないのか？　ライトニングが発見された場合に備えて、いつでも君らを救出できるよう、グルジア沖にシーデビルで待機していたんだ。あのハリアーもシーデビルから発艦した。僕らは、メイヤの命令で二日前にシーデビルに到着したばかりだが。ライトニングの行方は解ったのか？」

「全然、見当も付かない。それを調べる意味もあってバニッツァはマハチカラへ出ようとしたんだ」

「それに関しては、確たる証拠は無いんだがね、黒海に潜む海中要塞にいる可能性がある」

「海中要塞?」

ガスは、アーセナル・シップの存在に関して喋った。

「遭遇したのか?」

「ああ、しばらく追っていたが、われわれを発艦させるために、追尾を解いた。ロシア海軍が必死で探しているよ。バニッツァが連れているメモリアルのスタッフというのは、何なんだ?」

今度は、斗南無がいきさつを語ってやった。

「あいつは冷静さを失っていたように思う」

「まあそのことはいい。なるようにしかならないからな。それより、あの将軍はどうして人質救出の全権を俺たちに委ねるようなことを言うんだ?」

「メイヤがそうさせろと唆したんだろう。この作戦には裏がある。金だ。かなり有望な金鉱脈が発見されたらしい。それが奪い合いになり、この紛争が泥沼化するのを、ロシアもメイヤも、グルジアも恐れている。管理権は二の次で、とにかく、ここを制圧しろと、メイヤがロシアやグルジアを唆したんだ」

斗南無は、ついさっきドグシェント将軍から聞いたばかりの話をした。

「いかにもメイヤが考えそうなことだな」

「非難さ

「だが、予防外交としては正しい判断だ。ここがこれ以上の泥沼に陥ったら、非難されるのは手を打たなかった国連だからな。ボスニアの二の舞を防ぐには、今の内に制圧しておくに越したことはない」

「それが可能ならの話だよ」

「マイクロSATを持ってきた。メイヤを呼び出すか？」

「いやあ、どうせ知らぬ存ぜぬさ。それより、接触したい相手がいる。貸してくれ」

斗南無は、携帯電話二本分ぐらいのサイズのあるマイクロSATを手に取った。背面は、太陽電池パネルで覆われている。半日の充電で、一時間の通話が可能だった。

ボロボロの新聞紙を取り出し、モルゾフの衛星電話の番号を押した。

「電話がある場所にいてくれればいいが……。昔、バニッツァや、あのアルバミと組んでいた男だ。今、武器商人をやっているらしい」

電話が繋がったが、出た相手は、ロシア語、アラビア語チャンポンだった。

ガスが電話を取って、「なんて名前だ？」と聞いた。

「モルゾフだ」

ガスが、ロシア語、アラビア語で二言三言喋ると、一分ほど待ってからモルゾフが出た。

「早くに起こして申し訳ない、モルゾフ……」

「ああ、ミスター斗南無か。お早う。われわれは早起きだ。問題ない」

「今、話せるか？」

「ああ、誰もいない」

「マハチカラへ向かった列車がガストラに襲撃されて、バニッツァらが誘拐された。知っているか？」

「いや、近々何かやりそうだとは聞いていたが……」

「助けてくれ」

「ガストラは、俺なんかの言うことは聞かないよ。それに、アルバミともいい仲じゃない」

「アルバミと接触する手はずを付けて貰いたいんだ」

「君がかね？　バニッツァが誘拐されたなんて聞いたら、アルバミは、ガストラに取引を持ちかけて、バニッツァを譲って貰い、自分で殺しかねないぞ」

「それでも、見ず知らずの人間に殺されるよりはましだ。頼むよ」

「解った。約束は出来ないがアルバミと交渉してみよう。君たちが泊まっていた家の向かいの筋に、三軒並んでレンガ造りの家が建っている。その真ん中の、緑色に塗られたカウベルが掛かった家を尋ねろ。ゲリラの支配地帯まで、君を案内してくれるはずだ。私の名前を出せ」

「済まない。よろしく頼む」

　電話を切った途端、呼び出し音が鳴った。

「こちら斗南無」

「こちらタモン・リーダー」

「タモン？」

「ああ、ご免なさい。今月のコールサインは日本海軍提督シリーズなの。オスプレイは山口多聞、グローリア将軍が山本五十六。貴方のコールサインはナグモです」

「南雲忠一？」

「そう。われわれは今、東へ移動して、人質が移動中のポイントを偵察しつつあります。貴方の判断を仰いだ方がいいと思って」

「靄は無いのかい？」

「所どころ靄が出ているわね。でも、降下できないほどじゃないわ。われわれが近づくと刺激するので、ハリアーを誘導して写真撮影させます」

「頼む。それから、もしチーム・オメガの動向が解ったら教えてくれ」

　電話を切ると、斗南無は一度司令部へ出頭し、チェルナビン中尉に、ゲリラ勢力と接触する旨告げた。

「アルバミと接触するんですか？」

「ああ、なんとか話をしてみるよ。もし俺が彼の人質になっても、心配することはない」

「心配しようがないですよ。そんな余分な兵力もありませんし。でも、もし彼が例の黄色いテープの範囲内に入ってきたら、われわれも反撃せざるを得ない。貴方がいるからって、手加減は出来ませんよ」

「それも構わない。自力で何とかするよ。個人的にはともかく、国連職員としては、ロシアの予防外交に協力する。君らの作戦がうまく行くことを祈っているよ」

「お気をつけて。私は、部隊が到着し次第、ガストラの追撃に移ります。何とか、交戦せずに包囲できるよう全力を尽くします」

「うん。頼むよ」

斗南無は、司令部を飛び出ると、ＢＴＲ装甲車の運転手に、村へ帰るよう頼んだ。

オスプレイのロックウェル大尉は、高度を下げながら、キャノピー越しに上空を見上げた。

「タモン・リーダーよりオオニシへ。ロシア軍の対戦車ヘリが見えているわね？」

「ああ、見えているぞ。あの下かい？」

「いえ。たぶん、あれより六〇〇〇フィートぐらい西だと思うわ。斗南無さんが教えてくれたポイントから移動したとしても、それぐらいの許容範囲だと思うから。たぶん、ゲリラを刺激しないために、距離を取っているのよ」

「所どころ靄が出ているな……」

「私は、ちょっと距離を取ってアプローチします。そっちも三〇〇フィートぐらいの距離を取って頂戴」

「了解。僕はあの菱形の靄の右翼へと降りてみる」

「山岳地帯なんですから、気を付けてよ」

オスプレイとハリアーが高度を落とすその間にも、靄は発達と消滅を繰り返し、盛んに動いていた。

ステアー少佐は、左翼パイロンに装備した、前線戦術監視システム用偵察ポッドの全システムをウェイクアップさせると、速度を抑えながら靄の中へと突っ込んだ。

対地高度は、恐らく三〇〇フィートも無い。靄の動きを見ながら、機体が必要以上に沈まないよう注意した。

一瞬晴れる隙間に、ごつごつした岩肌が見える。次の瞬間、何か光るものが見えた。銃のマズル・フラッシュだと気付く前に、ステアーは回避に移っていた。

機体が反応する直前、靄が晴れた。真下に、二列になって歩く長い集団がいた。

それを囲むように歩く兵士たちが、めいめいに銃撃を浴びせて来る。

「こちらオオニシ、人質を発見、銃撃を受けている。ただいまブレイク中」

ステアーは、靄を探して機体を捻った。

「オーケー、凌いだ」

ステアーは、それ以上ゲリラを刺激しないために、急上昇に移り、その場を脱した。

バニッツァ中佐は、急造の担架をロシア軍の警備兵と担いで稜線上を歩いていた。

ハリアーが接近した時、その音は聞こえず、むしろ、姿の見えないオスプレイのエンジン音に耳をそばだてていた。

こんな所に米軍が展開するはずはない。すると、ここにいるオスプレイは、チームSHADWのオスプレイだろうかと思った。

そんなことを考えていた瞬間、ハリアー戦闘機が、靄を破ってふいに突っ込んで来た。

出てきたのが、ロシア空軍のミグやスホーイでないことに驚いた。ハリアーということは、この辺りに海兵隊のヘリ空母が展開しているということだろうか……。

兵士たちが慌てて空へ向けて銃を乱射し始めた。

バニッツァは、あんぐりと口を開けてハリアーを追いながら、妙だなと思った。たかが人質事件に、どうしてこんなに素早い対応を取るのか。オスプレイがいるということは、ＳＨＡＤＷが出撃したということだ。

ブル・メイヤという男は、職員のためにわざわざ部隊を動かすような男じゃない。いったい何の目論見があるのか不思議でならなかった。

辺りが明るくなると、アナスタシアの症状ははっきりした。チアノーゼで、唇が紫色に染まっていた。すでに昏睡状態で、右の腎臓の辺りが膨れ上がっていた。

明日の今頃、アナスタシアが冷たくなっているのは避けられないと思った。

グルジア領内へ上陸したシャミールは、夜が明けるのを待ち、待機させていたミル・ヘリコプターに乗り込んだ。

幸い、グルジアのレーダー・サイトはほとんど作動しておらず、クタイシを経由してカフカス山脈に入る辺りまで、誰にも察知されることは無かった。

だが、アルバミの警告に従い、山脈地帯の手前で降りて、トラックに乗り換えた。

アルバミの陣地まで、トラックを飛ばして二時間。彼にバレットを手渡し、夕方までには、マハチカラへ入りたいと思っていた。予定通りなら、明日の今頃には、ダゲスタンの独立派勢力を結集して、独立宣言を行っているはずだった。

ハリアーとオスプレイは、朝焼けの中を、高度一〇〇フィート以下の超低空で飛び、シーデビルへと帰還した。

ステアーは、ハリアーをエレベータで格納庫に降ろすと、まず、機体の周囲を入念にチェックした。垂直尾翼に二ヶ所、弾が掠った痕があった。

ステアーは、壁のインターカムに手を伸ばし、桜沢副長を呼び出した。

「副長、偵察データを再生したいんだが、パソコンを持ってきてくれないか？」

「ラップトップでいいかしら？」

「いや、まともなモニターのが欲しい。メモリーを一〇〇ギガぐらい積んだのが……」

「了解、準備させます」

オスプレイが降りて来る。ロックウェル大尉は、機外チェックを終えると、すぐ燃料の補給を命じ、ステアーが、パソコンと、偵察ポッドにケーブルを繋ぐ作業を手伝った。

「さっきのは危なかったわ。ゲリラを刺激したかも知れない」

「ああ。だが、お陰でいい絵が撮れた。映っていればの話だが」

桜沢副長が、半信半疑な顔で、一七インチ・モニターとＤＥＣのペンティアム・タワーを接続した。

「こんなので大丈夫なの？」

「そこのPCIケーブルを取ってくれ。何しろ、このシステムは実験中なものでね、インターフェイスは汎用品を使っている。われわれ海兵隊は、いつも前線偵察に関して頭を悩ませてきた。たとえば、ハリアーが偵察ポッドを抱いて写真を撮って空母に帰っても、そいつは現像しなけりゃどうしようもない。ましてや、敵と前線で睨み合う兵隊に情報を送れるわけでもない。そこで考えたんだ。撮ったものは、その場で処理して、前線に届ければいいと。電子カメラで撮影した情報は、そのまま一〇〇ギガのメモリーに蓄えられる……」

ステアーは、偵察ポッドの真ん中ほどのアクセス・パネルの扉を開いた。そこから、データ・パックをひとつ抜き出した。

「パラシュートが付いている。写真を撮った直後、帰り際にこいつを、前線の中隊指揮所の真上で投下すると、指揮所は、このメモリを回収し、現場のパソコン上で、塹壕の向こうの景色を観察することが出来る。汎用品だが高いんだ。無人偵察機を運用するには、少なくともトラック一台と、偵察機を回収するための空間と、技術者、パイロット、高度な技量を身に付けたオペレータが必要だが、この方式なら、沖合に離れた空母だけで事足りる。無人偵察機の損耗率はかなり高いが、人が乗る飛行機はそうでもない」

ステアーは、データ・パックをポッドに返し、弾薬運搬ドリーの上に置かれたパソコンのキーボードを叩いた。

「さて、映っているかな……。残念ながら、モノクロ映像だが……」

白黒とは言え、驚くほど鮮明な映像が映し出された。

「悲惨なものだな……」

死屍累々という感じだった。杖をつく者、肩を借りて歩く者、そして、不格好な担架に横たわる者と、まるで入院患者が、慌てて病室から抜け出したみたいだった。

「さて……、問題のガストラか……。何処にいるんだ」

マウスで映像を何枚か遡ると、先頭の方に、兵士たちに囲まれて、こちらを見上げている男がいた。

「ああ、これがガストラだな。隣にいるのは、ジーンズを穿いている。銃を持っていないとこを見ると人質みたいだが……。バニッツァ中佐じゃないね？」

「彼にしては若すぎるわ。ちょっと、操作を代わって下さらない？」

桜沢が、写真を何枚かめくり、人質の中間辺りで、バニッツァの顔を見つけた。寒いはずなのに、上着を脱いでいた。彼のものらしい上着は、担架の布地として使われている様子だった。

「ちょっと、斗南無さんを電話で呼び出して頂戴。それから、ハウンゼン少佐も見たがるでしょうから、呼んで」

もしチームSHADWが出撃するとなれば、貴重なデータとなるはずだった。

ものの三〇秒と経ずに、斗南無が電話口に出た。

「斗南無さん？　こちら桜沢です。さっき、ハリアーが帰還しました。写真撮影に成功して、偵察写真中に、バニッツァ中佐を確認しました。中佐は無事です。中佐の連れの女性というのは、たぶんブロンドで、短髪。わりと、襟の長いシャツを着てました？」

「その通り。ジーンズに、赤いパーカーを着ていた。鼻はそんなに高くないな。ほくろの類は無かったように思えるけれど、そこまで見えるの？」

「ええ、見えます。モノクロですけど……、ああ、この人、チアノーゼ症状に陥っているわ」

「彼女は化粧っけはない。口紅もつけていない。けがをしているのか？」

「急造の担架に載せられ、警備兵とバニッツァ中佐が、それを担いでいるようです。眼を開いている様子はありません。でも、これ赤外線映像写真ですから、それによると、体温はあるようです」

「かなりだ――」

ステアー少佐が付け加えた。

「彼女は高熱を出している。たぶん危険な状態だ」

ステアーは、露出している顔の色から、アナスタシアが熱を出していることを読み取った。

「了解しました。今、アルバミ勢力とコンタクトを取っている所です。チーム・オメガは今何処にいるんですか？」

「オメガは動かない」

それをモニターしていた片瀬艦長が、通信室から割って入った。

「さっき、ブル・メイヤから返事が届いた。今、チーム・オメガを投入すると、ロシア軍の先鋒として、チェチェン掃討に利用される恐れがある。だから、出せないと言ってきた」

「なんて奴だ……。チームSHADWは出せるんですか？」

「まだ一個分隊をトルコ軍基地に残している。それを回収して来ない限りは、戦力として不十分だと思う。ラッツィ少佐の意見を聞きたいが……」

ガスも同意見だった。ガスは、そう艦長に告げた。

「まず、残った分隊を直ちに回収して下さい。その間に、ハウンゼンが奪還作戦を立てます」

「解った。ただちにオスプレイを出す」

斗南無らは、その時、トラックに乗り換えて、カズベク山へ向かおうとしていた。

シャミールは、山道を一時間走り、獣道を更に一時間徒歩で歩き通し、ようやくアルバミの野戦指揮所に到着した。

そこは、深い谷間のブッシュに巧妙にカムフラージュされていた。

たとえヘリコプターで近づいても、五〇メートルかそこいらに接近しなくては、とてもそこに基地があるなんて解らないなとシャミールは思った。

「ご機嫌よう、コマンダー」

シャミールは、ぜいぜい息を切らして挨拶した。

「ウォッカぐらいありますが。それともお茶がいいですか?」

「ああ、済まない。紅茶があったら一杯くれないか……。こんなに運動したのは、久しぶりだよ。こんな所にいたら、成人病とも無縁でいられるんだろうな」

アルバミは、にこりともせずに聞いた。

「そう。問題の代物だ……」

アルバミは、人払いさせてから、一枚岩を利用したテーブルの上に、自らゼロハリを持ち、置いて開くと、その急造の爆弾を眺めた。

「残念ながら、二発しか間に合わなかった」

「何とかなるでしょう。これを待って、わざわざ後退したんですから」

シャミールは、ロストウ博士から聞いた通りのことを、性能から起爆方法に至るまで、紅茶を啜りながら喋った。

「何処か、斜面に仕掛けるといい」

「ええ。有効に使わせて貰います。貴方の方は？」

「これからまた山を下って、ヘリでダゲスタンへ向かう。マハチカラで、独立グループを束ねて、明日中にも独立宣言を出させるつもりだ。すでに種は蒔いてある。グルジア方面も同様に、北オセティア、南オセティアの大連合の話を進めている。ダゲスタンが独立を宣言すれば、それにのっかって、グルジアに対して独立を宣言するはずだ。それを支援するための秘密兵器が、黒海に潜んでいる。今日中に派手な花火を打ち上げ、グルジア政府にメッセージを届けることになっている」

「了解しました。もしこの爆弾が、能書き通りの効果を発揮するなら、明日の夕方までには、われわれはグロズヌイへと入城できるはずです」

「うん。そうなって欲しいね。今度こそ、ロシア軍の野望を打ち砕けば、連中は二度と帰ってはこまい。まさかゲリラ相手に核兵器を使うわけにもいかないからな」

シャミールは、時間を気にしながら紅茶を飲み干すと、アルバミに握手を求め、そのシーンを写真に撮らせた。後々、この写真は民族の歴史の一頁として記憶されるはずだった。

「コマンダー、新たな一歩だ。われわれは、ようやく自分の旗を掲げることが出来る。次は、グロズヌイで会おう！」

アルバミは、シャッターが押される瞬間すらも、笑みを見せなかった。

シャミールは、その場に一〇分と留まることなく、また獣道を歩いて、山を降りていった。

エーリッヒ・ハウンゼン少佐は、原子時計のような正確さを兼ね備えたドイツ人気質のエリートだった。

それをして、グローリア将軍は、面白味が無い男と断じ、本来、ハウンゼンが指揮すべきだった部隊を、ハウンゼンの先輩だったラッツィ少佐に預けたのだった。

ハウンゼン自身は、自分の地位に不満は無かった。軍人たる者、自分の職責を全うするのが本分であり、出世など二の次で構わないと思っていた。

彼は、作戦に対する野心はあったが、出世に対するそれは無かった。

ハウンゼンは、ハリアーが撮影した写真を全てプリント・アウトさせ、ブリーフィング・ルームのホワイトボードに張り付けさせた。縮尺を考えたつもりだが、それでも、幅四メートル、高さにして二メートルにもなった。

ゲリラの数を数えると、銃を持った者が全部で七二名いた。人質の数は、一九七名。

ロシア軍からの報告と照らし合わせると、二〇数名が、行軍中、殺害された、もしくは死亡したことになる。

　少佐は、ゲリラたちの姿を、マジックで全員マークさせた。

　二〇名余りの、Aチーム、Bチームの面々を相手に、「さて、諸君」と注目を求めた。

「この七二名のゲリラを、出来れば一気に鎮圧したい。提案はあるかね？」

「狙撃すればいい」

　ガスと並ぶ名ドライバーの、ショーン・ロドリゲス伍長が提案した。

「一人で二人ずつ片づければ、三秒で済む」

「われわれが、この高度から敵を狙うことが可能なら、それも出来るな。もし失敗したら、弾は人質を貫通することになる」

「この辺りは、結構ながれ場で、渓谷地帯も多い。ゲリラは、たぶんそういう所を縫うように進むでしょう。原っぱでは対戦車ヘリに狙われても、渓谷地帯ではそうも行きませんからね。地上にいる方が有利だ。夜に入って、連中が向かいそうな所へ先回りして、崖の上から斜めに狙えばいい。跳弾しても安全です」

「この写真には無いが、人質の先頭五〇〇メートルを二人のゲリラが犬を連れて偵察しながら歩いている。まあ、これは問題ないが」

「ガスはどうです？　催涙ガスで牽制すればいい」

台湾情勢を睨んで新しいメンバーに加わった、ニコス・リー上等兵が提案した。

「いや、駄目だ。パニックに陥ったゲリラが、乱射を始めるのがおちだ。恐らく、やるとしたら、夜間に暗視ゴーグルで狙撃するしかあるまい。だが、敵がわれわれのルートへ向かってくるとは限らない。代替案を用意しておく必要がある。もし、ルートがすれ違ったら、いったん退き、次のエリアで待ち伏せするしかない」

「もし、それまでに、敵が目的地に辿り着いたらどうします？　そこはたぶん、背中に崖を背負うような所で、空爆はもとより、正面からの攻撃も容易には受け付けないはずです」

「それこそ、正面から踏み込むしかないな。そこへ辿り着く前に、作戦が成功することを祈ろう」

ハウンゼン少佐は、詳細な作戦を立てるために、偵察衛星から起こした、現地の詳細な地図を寄こすよう、グローリア将軍に通信を送った。

第七章　ＥＭＰ

斗南無らは、対戦車ヘリが低く舞う中を、車を捨て、羊飼いに案内されて獣道へと入った。

二時間近くも歩いて、ようやく次のトラバントに迎えられた。そのポンコツ車に乗り、グルジア国境を越え、山脈の反対側でモルゾフと合流することが出来た。

斗南無は、自分たちが何処にいるのか見当も付かなかった。何しろ、富士山より一〇〇〇メートル以上高い山の裾野を走り回っているのだ。

モルゾフは、トラックを用意していた。

「最後は、二時間ばかり歩いて貰うことになる」

「夕方になるがしょうがないな。頼む」

トラックは、ほんの一時間走っただけで止まり、そこからは歩きだった。

「アルバミの方から、出向いてくれるそうだ」

モルゾフは、猟銃を担ぎ、出発準備をしながら言った。

「あんたら武器は？」

「ない。電話を持っているだけだ」

「ならいい。まだアルバミの攻勢は始まっていないが、時間の問題だ。気が立っていなきゃいいがね」

そこは、チェチェン側とはうってかわって、木々の無いがれ場だった。

所々、はぐれ羊の骨が転がっていた。

「狼に喰われたんだ」

「ひとつ、聞いていいかな。何があったんだね？　アルバミとバニッツァの間に」

「もう、話してもいいだろう。こういう状況だからな。中東のある国での話だ。俺たちは、ロシアからの技術顧問団に化けて、独裁者の暗殺に向かった。もともと親ロシアだったんだが、どうにも御しがたいバカでね。首をすげ替えようということになった。ところが、現地に入った途端、ＣＩＡが後押しする右派がクーデターを起こした。計画はパー。早々に引き揚げようとしたが、首都は大混乱。ロシア大使館の連中は、真っ先に空港にあったアントノフで逃亡。後には、僅かなロシアの軍事顧問団と、二〇〇名余りの技術顧問団が家族ごと取り残された。われわれは、空港に立て籠もって応戦したが、多勢に無勢という奴でね。明け方頃には、人数は三分の二に減っていた。そこでやむなく、決死の脱出劇を演じて、空港を脱出。砂漠地帯を一週間歩き通して国境を越えたというわけさ」

「なぜ、アルバミはバニッツァを憎むんだね？」

「アリョーシャが、二人に決断を迫ったんだ。空港が包囲されそうだと解った時、このまま同胞を置いて、自分たちだけで逃げ出すか、それとも、同胞と一緒に助けが来るのを待つか。アルバミは、すぐに空港から出るべきだと主張したが、バニッツァは、助けが来るのを待ってもいいと言った。アリョーシャが、そういう感じだったんだな。同胞を置いて逃げるのかって……。俺はまずいと思ったけどね。だって、救援機が来ると言ったって、二〇〇名を越える人数じゃ、最低でも輸送機四機はいる。そんなの、政府が調達できるわけがない。でも、バニッツァは、とにかく、救援機を遣すと約束した政府を信じようってさ。それで朝まで待って、脱出しようとしたら、アリョーシャが撃たれた。俺たちは、交代交代で、アリョーシャを背負い、全身血だらけになりながら逃げたよ。アリョーシャは、半日は生きていたが、夕方、陽が沈むように息を引き取った。アリョーシャに同調したバニッツァの責任だって、二人は何度も殴り合った。更に悪いことに、命からがらモスクワへ帰ってきたら、ボロが出ちまった。政府は、はなから、ＣＩＡのクーデターを支持していた。どうにもならないんで、右派クーデターを容認する姿勢をはっきりさせていたんだ。それが解っていながら、暗殺チームを送り込んだ」

「なんで？」

「代わりの首をもう左翼政権内に用意していたからさ。これもひどい奴だったがね。

ここで計画をストップさせれば、政権側は警戒して、右派クーデターが失敗すると判断したんだな。どうしても、三人は、現地に入らせる必要があった。後のことは知ったことじゃない。どうせ俺たちは使い捨てだ。政府には、CIAが主導するんなら、そんなに悲惨なことにはならないだろうという目論見もあった。だが、CIAだって、頭がいいわけじゃない。連中は資金と武器を用意しただけ、クーデター時の虐殺行為にはわれ関せずだった。二人は帰国してから一度も組んでミッションに就くことはなかった。ソヴィエト崩壊で、アルバミは組織を去り、チェチェン・ゲリラの指導者に。バニッツァは、君らと行動を共に、そういうわけさ」

「二人とも、アリョーシャに惚れてたわけだな」

「あの二人はともかく、俺はそんなにアリョーシャが好きだったわけじゃない。女って奴は魔物だよ。気さくな母親だって、その気になれば冷たい顔でナイフを手にする。アリョーシャは、二人を競わせて、自分に都合のいいように操っていた。俺にはそうとしか思えなかったが、二人にとっては別だったんだろうな」

遠くで砲声が響き始めた。

「ロシア軍のだ。始まったらしい」

一行は、足並みを早めて、ごつごつした岩の上を歩いた。

すでに、太陽は西へと傾きつつあった。

バニッツァらは、登りが終わり、やや平坦な地形を歩いていた。足はまめだらけで、昨日から水をほんの数杯口にしただけなので、疲れも酷かった。今にも横になって眠りこけそうだった。

ハリアーが飛んできた後、休憩が一回キャンセルされた。

夕方前の休憩時間に、ようやくイゴーリが姿を見せた。

「イゴーリ、もう限界だ。私ですら、限界だと思っているのに……」

「ガストラはそうは思ってませんよ。この地域の人間は、山は歩き慣れていますからね。アナスタシアはどうです？」

「時々、譫言《うわごと》を言う。生きてはいるよ。熱はひどいがね。たぶん、人質の中では彼女の容態が一番酷い。彼女だけでも何とかならないのか？」

「無理ですよ。メモリアルのメンバーなんて、一番おいしいですから。さっき姿を見せた戦闘機、ロシアのじゃありませんよね？」

「ああ、米軍のだ。なぜか解らないが、米軍が近くに来ている。ひょっとしたら、米軍が強攻策を取るのかも知れない」

「なんでです？　これまでの人質事件では、国連すら見向きもしなかったのに。中佐がいるからですか？」

「まさか。だが、何か早く片づけたい理由が、アメリカにもロシアにもあるんだろう。でなきゃ、一応ロシア領空なのに、米軍機の飛来を許すはずもないからな」

「ガストラと部下の話を聞いていると、目的地は、そう遠くない感じです。あと数時間の辛抱ですよ」

「ああ、だが、われわれが閉じこめられる場所に医者とベッドがあるわけじゃないだろうからな……。くそ、列車が止まった時、逃げ出しておくべきだった！」

「無理ですよ。そんなことをしたら、その場で射殺されていた。貴方の判断は正しかったんです。しっかりして下さい！」

イゴーリは、バニッツァの肩を叩いた。

「ああ、民間人に励まされるようになっちゃお仕舞いだな……」

七分間の休憩時間はあっという間に終わり、バニッツァは、再び担架を担いでとぼとぼ歩き始めた。

背後で、わめき声と、銃声が鳴り響いた。立つことを拒否した老婆が、射殺されたのだった。


オスプレイが、Ｃチームを拾ってシーデビルに着艦すると、シーデビルは、ようやくロストした〝オセティア〟を捜して東へと針路を取っていた。

その頃には、〝オセティア〟と言う艦名も、だいたいの兵装も解っていた。

片瀬艦長は、チームSHADWの一個小隊全員が揃った所で、関係する全員をブリーフィング・ルームに集めた。

「諸君、あまり時間が無い。人質たちは疲れ切っている。更に、偵察衛星からの情報では、彼らが通った道筋には、歩けなくなった者たちの死体が累々と続いている。われわれは、ロシア政府から、この問題の全権を委任されている。交渉するもよし、強攻策を取るもよしだ。現在、斗南無君やラッツィ少佐らが、ゲリラ勢力指導者と接触を図るべくカズベク山に入っているが、まだ接触に成功したという報告はない。ハウンゼン少佐、待ち伏せポイントの見当は付いたかね？」

「いえ。今、国家偵察局の地図屋を総動員して、ルートの検討を行っています。しばらく時間をくれとのことですが、もし不明な場合でも、深夜までには出撃したいと思っています」

「了解した。われわれはひとつ、シーフォートレスの問題を抱えている。彼らの目的を探り、もしロシア海軍の手に負えないのであれば、われわれの手で対処しなければならない。今現在、グルジア沿岸へと向かっているが、状況によっては、ロシア海軍に探知されることを承知で、君らを送り出すことになるかも知れない。最悪の場合は、君たちが帰ってくる場所は無いかも知れない。その場合は、トルコ軍基地からの支援を待ってくれ。これからわれわれは、対潜ステーションに就く。なお、本救出作戦は、カフカス山脈の靄に敬意を表して、カフカス・ミスト・オペレーションと命ずる。この深い靄を敵とするか味方とするかで、状況は変わってくるだろう。全力を尽くしてくれ」

シーデビルがグルジア沿岸に帰ってきた時、ロシア海軍部隊は、二倍に膨れ上がっていたが、〝オセティア〟を発見した形跡は皆無だった。

シーデビルは、〝オセティア〟が半日潜んでいたポイントへ急行したが、もうその姿は無かった。捜索は、完全に振り出しに戻ってしまった。

メトカーフ少佐は、機長のアレックス・ガストン空軍大佐に導かれて、スーパー・ハイ・アルティチュード・ディープ・ストライク・ウイング（超高高度侵攻作戦機）、SHADWのキャビンに乗り込んだ。キャビンには、二〇数体の宇宙服がハンガーに固定されていた。

「離陸までしばらくあるから手伝うよ」

「いえ。何も機長にそんなことをして頂かなくても……」

「いやいや、そんなたいしたことはない。こういう機体は、実のところ人間がやることはほとんど無い。全部コンピータがやってのける。離陸はもとより、エンジン点火もさ。退屈なものでね、パイロットは」

　メトカーフ少佐は宇宙服に足を入れながら、技術者としての興味から質問を発した。

「こんなものを宇宙に上げるだけの燃料をどうやって搭載するんです？」

「簡単なことだ。Ｂ－52方式で、われわれより先に、液体酸素と液体水素を搭載したＫＣ－10空中給油機二機が、上空へ上がる。つまり、上空で給油するんだ」

「液酸、液水を空中でですか⁉　狂ってる」

「そうなんだ。静電気一発で、機体はボン！　なんていう事態がないとは言い切れない。がまあ、一応いろいろと手は打っているがね、それで、いったん宇宙へ出たら、燃料を搭載した衛星とランデブーし、そこでも燃料補給を受ける。再突入した後、再脱出するための燃料が必要だからね、われわれは、スクラムジェットで、最大八時間その場に滞空する。正直な話をすると、その八時間で十分地球を半周できるんだがね、この計画がスタートした当時は、まだ冷戦のまっただ中で、空中を飛ぶこと自体危険だった。このＳＨＡＤＷの目的は、シベリアのツンドラ地帯まで一時間で飛び、そこで人質救出作戦を行い、一時間でホワイトハウスまで人質を運び、喜びの記者会見を開かせることを目的とした」

「なぜ陸軍のグローリア将軍の指揮下に？」

「機体自体はスペース・コマンドの所有だが、将軍の強引さは風の便りにも聞こえているだろう？　強引に横取りしたんだろう。詳しくは知らないがね、陸軍は、空海軍に比べてブラックプロジェクトが少ない。国防総省も、潰れかけていたプロジェクトを陸軍に預けて、得したと言えないこともない」

グローブに手を通し、エアホースを繋いで呼吸をチェックする。

「さて、あと一五分で離陸だ。衝撃は全くない。再突入時は、ちょっと揺れるがね、拍子抜けするほど静かだ。コクピットの補助シートで、宇宙旅行を楽しむといい。なあに、もう一〇年もすれば、ビジネスマンは、ニューヨーク―北京を、これで飛んでいるんだ」

メトカーフは、ミサイル・コンテナがきちんと固定されているのを整備兵に確認して貰ってから、もそもそと動き、コクピットの補助シートに腰を降ろしてベルトを締めて貰った。

ガストン大佐は、レフト・シートに収まると、最終チェックを行い、グローリア将軍を呼び出した。

「こちらクサカよりイソロクへ。離陸準備異常なし」

「了解したクサカ。こちらも異常ない。一応、バニッツァ中佐の救出がどうなるか解らない。そのつもりでいてくれ」

「了解しました。可能な限り支援します。タモンへ、われわれが離陸したことを教えておいて下さい」

「そうする。幸運を祈る――」

あのグローリアですら、幸運を祈らざるを得ないほど、ＳＨＡＤＷの離陸は危険だった。

格納庫のゲートが開き、ＳＨＡＤＷが引っ張り出されると、極低温のために付着した翼の氷が振動でボロボロと落下する。

液体燃料は、高温を発する翼や機首部分に冷却剤として循環させるため、地上では逆にやっかいな事象をもたらしていた。

ＳＨＡＤＷは、滑走路エンドまで引っ張り出されると、滑走路を五〇〇〇メートル走り、凄まじい轟音を地上に残して離陸して行った。

グローリア将軍は、それをコマンド・ポストからテレビ・カメラで見送った。

何とか夜明けに間に合った。

夕方のインターネットのＵＦＯサイトには、また軍が秘密作戦機を飛ばしたと書かれることになるだろう。

この秘密エリアに関するサイトだけで、三〇〇を越えるのだ。

情報を統制できない、嫌な時代になったもんだと、将軍は思った。

辛うじて、空に太陽の名残を確認できる程度だった。高度二〇〇〇メートル近い場所まで登り——、日頃訓練しているはずのラッツィ少佐ですら、モルゾフに付いていくのが精一杯だった。

這松地帯の荒涼とした場所で、アルバミはほんの数名の部下と共に待っていた。そこは、松の枝が天然の屋根となり、密会するには好都合の場所で、何度も使われているのか、わりと新しい煙草の吸い殻が散らばっていた。

アルバミは、松の枝にランプをひとつ吊し、丸太の椅子に腰を降ろしていた。アメリカ人たちのボディチェックをしようとする部下を諫《いさ》めると、周囲を警戒するよう命じて人払いした。

斗南無は、その男とあちこちですれ違っているような気がした。バニッツァと初めて会った時も、同じ思いを抱いたが、たぶん、向こうは狩る側で、こちらは狩られる側だったはずだ。

「さて、どういう事情だ？　モルゾフ」

「悪く思わないでくれ、アルバミ。実は、バニッツァがグロズヌイの近くに入っていた。俺は人捜しを彼に頼まれてね」

アルバミは、顔色ひとつ変えずに聞いた。

「あんたが探していた核物理学者かい？」

「そうだ。結局見付からなかったが。で、ドミトリからアナスタシアを預かった時、彼に預けるのが一番だろうと思った」

「なぜ⁉　俺はグルジア方向へ逃がせと言ったはずだぞ！」

「俺だって、ロシア軍の大攻勢を前に、いろいろと片づけなきゃならないことがあったんだ！　それに、奴と彼女なら、このくだらん内戦に決着を付けることが出来るかも知れないと思ったんだ」

「で？」

アルバミは、興味なさげに先を促した。

「マハチカラへの列車に乗せた」

「なんてことを⁉……」

これには、アルバミも驚いた様子だった。一瞬、顔を覆った。

「無事なのか？」

「バニッツァの無事は確認した」

「あんな奴のことはいい！　アリョーシャ……、いや、アナスタシアのことだ」

ロシア語の会話に、ラッツィ少佐が割って入った。

「ちょっといいかな。こちらから話すよ。斗南無、例の写真の件を話してくれ」

「その……、米軍の偵察機が、今朝方写真を撮った。担架に乗せられたアナスタシアと、それを担ぐバニッツァ中佐の姿が写っていた。アナスタシアは、写真から判断すると、かなり重傷で、高熱を発している様子だった。できれば早い内に、彼女を含めて、人質を救出したい」

「それは駄目だ……。俺はガストラに武器を供与し、人も貸してやっているが、奴は人の話を聞くような男じゃない。門閥がどういうものか、国連にいるんなら、解るだろう?」

「ええ、まあ。しかし、貴方以外に仲介を頼める人がいない」

「無理だ。われわれの間に通信手段は無い。山岳地帯を挟んで、一〇〇キロ以上も離れている。連絡が付く頃には、アナスタシアは死んでいる……」

「距離が問題なら、解決できます。貴方や、あるいは貴方の使者を、空輸することが出来ます」

「そんな余裕はない。これからロシア軍をカズベク山から追い出さなきゃならない。誰一人割けないよ」

「俺があんたの代理として行ってもいい」

　モルゾフが口を挟んだ。

「冗談は止せ。俺だって、奴に言うことを聞かせるのに四苦八苦しているんだぞ。用があるんなら、本人が弾薬ケースの一つも抱いて来いと言われるのがおちだ。止めろモルゾフ。アメリカ人なんかと一緒じゃ、余計な詮索を受けるだけだ」

「もし、協力を得られないのであれば、われわれはロシア軍と協力し、ＳＯＦを送り込むことになります」

「ロシア軍なんかに……。成功はせんよ。人質が皆殺しにされるだけだ」

「では、貴方は、アリョーシャの妹を見殺しにしてもいいと仰るんですね」

アルバミは、眉根を押さえてしばらく考え込んだ。

選択の余地などはなから無かった。今は、バレットを無事に配置して爆発させることの方が先決だ。

「……駄目だ。協力は出来ない。バニッツァが死ぬのは自業自得、アナスタシアが死ぬのは、残念だが運命だ。私はそれを受け入れる」

斗南無は、深い悲しみをその瞳の奥に見て取った。アルバミの協力は得られなかったが、少なくとも、彼は戦争の愚かさについて、少しは学ぶはずだ。それでよしとすべきだと思った。

「解りました。コマンダー。アナスタシアは、停戦交渉を呼び掛けるために、ここへ来ました。その気持ちを汲んでやって下さい。もうこれ以上犠牲を払うことはない」

「済まないが、帰ってくれ。私にも作戦がある」

「ええ、そうします」

斗南無は、すんなりと引き下がり、その場を後にして、暗くなった山をモルゾフに導かれて下り始めた。

「あと一押しだったのに……」

ラッツィが口惜しがった。

「いや、無理だったと思うな。手は尽くしたが、助からなかったでは、彼はたまらないだろう。何ていうか、そこまで踏み込む権利は無いような気がしたんだ。それに、まったく無駄じゃなかった。彼は、この闘いの無益さを感じ取ったはずだ。それでいいじゃないか」

一〇分ほど歩いて、這松地帯を抜け出た所で、後ろから追ってくる足音がした。驚いたことに、アルバミが、一人で駆けて来る。

「ミスター！」

アルバミは、岩陰に斗南無らを誘い、誰かに見られていないか、周囲を気遣った。

「地図を持っているか？」

「ええ、あります」

ラッツィが、誘拐されたエリアの地図を出し、地面に置いてペンライトで照らした。

「ロシア軍が救出作戦を行うのか？」

「いや、バニッツァはわれわれの仲間だ。そんな危険は冒せない。たぶん、米軍の特殊部隊が作戦を行うことになるはずだ」

「マジックか何か貸してくれ」

　斗南無が赤マジックを貸す。

「ここで見付かったんなら、たぶん……、ガストラが向かっているのはここだ。渓谷地帯で、崖を背負うように、ちょっと庇になった大きな棚がある。ゲリラはそこでよく休憩を取っている。夜露をしのげるし、ヘリで上から覗いたぐらいでは見えない」

「有り難うございます、コマンダー」

「一つ、約束してくれ。もし、作戦に成功したら、バニッツァを、私の許へ連れて来てくれ。彼の自由意志を尊重していい」

「約束します。この闘いが落ち着いたら、彼を、貴方と接触を持つよう説得しましょう」

　アルバミは、それを聞くと、すぐ暗闇の中へ消えて行った。それが、後に彼の命取りになった。

　メトカーフ少佐は、無重力の宇宙空間で、数度の夜明けと日没を迎えながら、補給衛星とのランデブーを楽しんでいた。

　すでに二時間が経過したが、衛星側のバルブの調子が悪くて往生していた。

機長のガストン大佐は、決断を迫られていた。

「クサカよりイソロクへ。もう一五分チャレンジして駄目なら、このまま補給なしに降下するか、宇宙遊泳で修理を試みるか決断する。それでよろしいか？」

「こちらイソロク、補給無しは避けたい。そこからだと、フランクフルトへ向かうしかない。あそこで衆人環視の下、補給をするなんてのは最悪だ」

「ディエゴ・ガルシアへ向かうという手もありますが」

「あんな所で、ＳＨＡＤＷが万一爆発してみろ。島ごと消えてなくなる。宇宙遊泳だな」

「了解。そうします」

ガストン大佐は、コーパイのチャールズ・アンドレア中佐に、宇宙遊泳の準備を始めるよう命じた。

〝オセティア〟は、深度二〇〇メートルに潜み、海面を進むロシアの警備艇が真上を走り去る音を聞いていた。

艦長のアバスナミ大佐の知識によれば、その警備艇はソナーも対空レーダーも装備していないはずだった。

これが、ソヴィエトといういい加減な国の実態だと思った。

「まともな装備のフリゲイトが現れるまで、一〇分ほど間がある。今なら、レーダーにも引っかからないはずだ。ＳＳ‐Ｎ‐21発射用意。一番、二番発射管注水！」

目標は、すでにプリセットされていた。グルジアの首都トビリシと、トルコに近い黒海沿岸の要所バトゥーミに、一発ずつ撃ち込む予定だった。毎日、二発ずつ発射しても、〝オセティア〟なら、一ヶ月は攻撃を続行することができる。じわじわと、たった一隻で、国家の首を締め上げることが出来るのだ。

かつてトマホークスキーと呼ばれた二発の艦対地巡航ミサイルは、ロシアの警備艇の僅か五〇〇〇メートル後方の海面に顔を出すと、高度を上げることなく、海上一五メートルを、亜音速で飛行して、目的を果たした。

バトゥーミへ向かったミサイルは、深夜の市場を直撃し、トビリシへ向かった一発は、大統領府にほど近い、公園の噴水を直撃して爆発した。

その公園の噴水が爆発するさまを見守っていた、北オセティア解放同盟のゲリラは、ただちに西側の通信社のポストに、犯行声明文を放り込んで逃げた。

シーデビルは、その頃、バトゥーミから二〇海里、北西海上を航行中だった。

発射を探知することは出来なかったが、南下する巡航ミサイルらしき物体一発を捕捉することは出来た。

それが発する地形追随レーダーをＥＳＭによって捕捉することに成功していた。

片瀬艦長は、ＣＩＣルームで、それがトレースされるのを見守っていた。

「もし、このミサイルがまっすぐ飛んだのであれば、〝オセティア〟は、われわれより、三〇海里ほど北東にいることになりますね」

「ブリッジ、針路０‐４‐０。敵わないな……。この調子で攻撃されたんでは、グルジアは蛇に睨まれた蛙だ」

ステアー少佐は、ブル・メイヤから届けられた〝オセティア〟の推定要目に目を通していた。全長二二〇メートル、全幅四七メートル、七万トンもある巨艦だ。

潜水艦としての個艦装備の他に、艦隊防空用ＶＬＳ型ミサイル発射コンテナ一〇〇基と、地上攻撃用巡航ミサイル発射コンテナ二五〇基を装備している。

「もし、このＶＬＳ発射装置すべてにミサイルが入っていたら、こいつはたった一隻で、西側の駆逐艦一〇隻分の攻撃能力を持つことになる」

「だが、そんなにオーバーな性能じゃない。たとえば、ＶＬＳ発射システムは、浮上時にしか使えない。たぶん海中発射は出来ないはずだ。海中発射が出来るようにすると、構造が複雑になり、たいした数を積めなくなる。奴が海中に潜んでいる限りは、普通の潜水艦と変わりない。まあ、それはそれで海中攻撃能力を持っているだろうがね」

「俺が〝オセティア〟の艦長なら、いざとなったら浮上して、ありったけのミサイルを撃つよ」

「問題は、敵がどのくらいの艦対艦装備を持つかだ。一〇発程度の対艦ミサイルなら出し惜しみするだろうが、それを超える数を持っているとなると危ないな。何をしでかすか解らない」

「艦長、ロシアのフリゲイトが真正面から来ます。彼らのレーダーに映ってはいませんが」

「一応、カメレオン・モードを作動してくれ」

「さて、私はどっちの装備で出ればいいのかな。対地支援、対艦、どちらにする？」

「ゲリラの攻撃は、待ち伏せでなければ成功の見込みはない。ハリアーの出番は無いでしょう。エクスペンダブルＥＣＭと対空ミサイル装備で待機して下さい。ロシアの水上艦部隊を守ってやる必要があるかも知れない。本当は二正面作戦は取りたくないんだが……」

　ハウンゼン少佐は、ブリーフィング・ルームで、プリンターから三次元処理された地図が吐き出されてくるのを見守っていた。幅二〇メートルほどの渓谷地帯の画像が、三次元の鳥瞰図となって現れる。斗南無から連絡を受けた庇のポイントだった。

　国家偵察局《NRO》が製作した侵攻サポート用マップのひとつだった。

「急がないと。ほんの三時間で連中はここに到着するぞ」

「ここはどうです?……。ちょっとした崖になっています。北側は、三〇メートルほどの高さの崖。南側もちょっと距離があるけど、やはり崖になっています」

ニコス・リー上等兵が提案した。

「平坦部はここだな。ゲリラたちは、ここを歩かせるはずだ。北側からならともかく、南側の崖から狙撃するとなると、距離は一〇〇メートルを超える」

「問題はありません。われわれの腕なら」

「時間が無い。ゲリラたちは、すでにここまで三キロか四キロを残すのみだ。そんな所へ煩《うるさ》いヘリで乗り付けると、気付かれるのは避けられない」

「LALOで行くしかないですか……。こっちはどうです? 尾根で遮られているから、ある程度エンジン音を遮蔽できます。ここにLALOで降りて、徒歩で尾根を越えて配置に就けば」

「うん。それしかないか……」

ハウンゼンは、決断を下した。もし、敵が偽情報を与えたとしたら、とんでもないことになるが、今は信じるしかない。情報の信憑性は、ガスが保証してくれた。

「よし、至急LALOの準備だ。ロックウェル大尉。君らは、われわれを降ろした後どうする?」

「フネには帰れないわ。たぶん対潜作戦の真っ最中よ。ラッツィ少佐らを回収した後、上空を旋回して待ちます。行きはギュウギュウだけど、一時間以内に作戦が終了するのであれば、その方が有利ですから」

「けが人は何処へ運ぶんだ？」

「最初はトルコ領内の米軍病院へ輸送するつもりだったんですけど、これ以上トルコを刺激したくないので、駆逐艦に運びます。黒海へ、米軍艦隊が入りつつありますので、外科治療が可能なスタッフを待機させてあります。燃料が不安だけど……」

「すまないが、その問題はそっちで片づけてくれ。では、野郎共！　作業に掛かれ」

シーデビルは、オスプレイを発艦させるため、またしても行き足を落とさねばならなかった。


アルバミは、自らバレットを持ち、ロシア軍陣地へと接近した。獣道をひた走り、まずはグルジアとの連絡路に立ちふさがる戦車中隊の中継所を攻撃するつもりだった。対戦車ヘリが五、六機駐機していた。戦車は、一〇両、兵隊は、二〇〇名程度が展開しているはずだった。

対戦車ヘリは使えないだろうが、せめて小火器だけでも奪取できれば、こちらのものだ。

山陰に入れば爆発の影響を受けないということだったが、不安だったので、すべてのゲリラ部隊を付近から五キロ以上遠ざけた。尾根を二つ挟んだ所に待機させるつもりだった。

陣地を守るように配置された小高い丘の監視小屋に近づくと、アルバミは、ブッシュの中にゼロハリのバッグを置き、タイマーを三〇分にセットした。

それから腕時計を睨みつつ、ゆっくりと後退し、二〇〇メートルを離れると、脱兎のごとく駆け出した。効果範囲は半径二〇〇〇メートルとかいう話だったが、アルバミは、とても信じる気にはなれなかった。核は核だ。せめて二〇キロは離れていたいというのが本音だった。

もし能書き通りなら、隣の敵陣地も、少しは影響を受けるはずだった。

SHADWは、補給衛星から離れようとしていた。バルブ故障の修理自体は、ほんの四〇分で終わったが、修理を決断するまでに時間を喰い過ぎていた。

「どのくらいロスしたかな……」

「四時間です。予定より、四時間ロスしました」

メトカーフ少佐は、時計を見ながら答えた。

「くそ……。イーグルに爆弾積んで飛んだ方が早かったかも知れんな。さて、ベルトを締めてくれ。大気圏に再突入する。再突入後、本機は、一八〇度上下を回転させる」

「われわれも逆さまになるんですか？」

「いや。キャビンの内径は逆に一八〇度回転するからその心配はない。後部ハッチを下へ向けるためさ。耐熱タイルをハッチ部分に張ることが出来なかったので、ハッチは背中に背負っている。ハンガーで見ただろう？」

「ええ、宇宙ではともかく、大気圏内でどうやって物資を放出するんだろうと不思議に思っていたんです」

「そうなんだ。それがネックでね。こいつの諸々のコストを引き揚げている。さて、少佐。軌道計算は終わっている。突っ込むぞ」

「もし、耐熱タイルが剝がれていたらどうなるんです？」

「心配はいらん。火葬場へ行く手間が省けるだけのことだ」

ガストン大佐は、事も無げに言ってのけると、コンピュータを再突入《リエントリー》モードに進めた。

ＳＨＡＤＷは、カスピ海上空で大気圏内に突入したが、すでに手遅れだった。

アルバミは、息を切らせながら尾根の内側にある洞穴に飛び込んだ。爆発前三分だった。

その瞬間、爆発音はまったく聞こえなかった。極めて小さい、迫撃砲程度の爆発だと聞いていたが、半信半疑だった。

監視小屋にいた七名の兵士たちは、それぞれ、爆発が起こった瞬間、その音の方向へと首を回したが、彼らの首が回りきらない内に、その肉体と脳は、中性子線に貫かれ、生物としての機能を停止した。

離陸途中だったハインド対戦車ヘリは、しばらくふらついた後、パイロットを喪失し、カズベク山の中腹へと激突して爆発した。

陣地では、すべてが止まった。ポンチョで寝ている者は、そのままの姿で、歩哨に立っている者は、爆発音に振り返ろうとした、そのままの姿で倒れ、通信兵は、マイクを握ったまま死んだ。

半径二〇〇〇メートル以内の、ありとあらゆる生物は、その瞬間に死に絶えた。

そこから三〇〇〇メートルほど離れた基地では、間もなく阿鼻叫喚が始まろうとしていた。

耳や鼻から血を流すもの。網膜内出血を起こして死ぬのはまだましな方だった。多くの兵士が、ロシア国内へ撤退後、癌に悩まされることになった。

アルバミは、その場で一〇分待機すると、尾根を登り、ロシア軍の通信をモニターしている通信基地を呼び出した。

「様子はどうだ？」

「Ｎ１基地は、完全に沈黙しています。Ｎ２基地では、化学兵器による攻撃を受けている、至急援軍を請うとの通信がひっきりなしに、暗号なしで送られています。グロズヌイの司令部は、冷静になれとしか……。信用していないようですね」

「よろしい。危険は除去された。包囲部隊に前進命令を出せ」

「了解しました。使えそうな無線機があったら、回収願います」

アルバミは、部下を促すと、身震いしながら敵基地へと向かった。こんなことがあっていいはずが無いと思った。

こんな兵器が日常的に使われるようになったら、いよいよ人類に未来は無いと思った。


ＳＨＡＤＷは、マッハ五のスピードを落としつつ、カスピ海上空での旋回に入った。

メトカーフ少佐は、突然襲ってきた重力のプレッシャーに耐えながら、コンテナの一基を開け、発射プログラムを調整していた。

「こちらイソロクよりクサカへ。メトカーフ少佐はいるか？」

メトカーフは、ヘッドセットでグローリアに答えた。

「こちらメトカーフであります」

「少佐、残念ながら、間に合わなかった」

「何ですって⁉」

「つい五分前、核爆発探知衛星が、カズベク山の裾野で、強烈な中性子線放出を観測した。今、正確な位置を算定中だ。ロストウ博士は、バレットを完成させたようだ」

「そうですか……」

　全身から力が抜けていく。

「犠牲者は？」

「ただのデモンストレーションだったのか、それとも明確に何かを狙ったのか解っていない。今、国家安全保障局《NSA》の情報も含めて検討中だ」

「では、われわれはまず、グロズヌイ上空へ向けて一発撃ちます」

「ああ。しかし、ロシア軍に配慮して、せめてヘリを降ろして通信機を隠すぐらいの時間はくれてやりたい」

「解りました。では、三〇分後ということでいかがでしょう？」

「よろしい。すぐにロシア軍と連絡を取る」

　グローリア将軍は、ロシア軍との間に電話が繋がるまで、配下の部隊に音声通信を送った。

「アテンション！　アテンション・オールハンド！　全員に告ぐ。現在、合衆国軍は、黒海からカスピ海に至る地域に、核爆発警報を発令した。使用された兵器は、通称バレットと呼ばれる小型の中性子爆弾である。残念ながら、これから逃れる手だては無い。潜水艦でもない限り、この影響から逃れることはまったく不可能である。チェチェン勢力と対立するロシア軍、グルジア軍と、半径五〇〇〇メートル以内に接近することを禁ずる。現在、我が軍は、このバレットをソフトキルする手段として、ＥＭＰ弾を現地へ投入中である。敵が、あと何発のバレットを完成させたか解らない。十分注意を払って行動するように。以上──」

カフカス・ミスト作戦を遂行中のロックウェル大尉は、カフカス山脈の南端へとオスプレイで降下する途中で、それを聞いた。

柄にもなく、「まじかよ……」と呻いた。

ハウンゼン少佐は、ロックウェル大尉の肩を叩き、「作戦が完了するまで、聞かなかったことにしてくれ」と告げた。

「どの道、われわれに逃れる術はない」

「オスプレイは、なるべくトルコ側の空域で待機することにします」

「ガスが無事だといいが」

「超低空飛行で向かい、回収します。燃料が心配だけど」

ＣＩＣルームの片瀬艦長は、ただちにブリッジに戻り、操舵員と航法を話し合った。

「われわれが死んだ後、つまり、一人残らず乗組員が死んでなお、シーデビルが生き残った場合、陸上へ乗り上げて無様な姿を晒さないようプログラムを組んでくれ」

「海上でも使用される危険があるんですか？」

操舵員が不安げに尋ねた。

「このバレットの製造工場は、たぶん〝オセティア〟の中にある。とすれば、連中は海中に潜んだまま、海上で爆発させれば、一瞬にして頭痛の種を取り除けるからな」

「三〇分人間によるマニュアル操舵がなければ、オートパイロットに切り替えて、一五ノットで最寄りのトルコ海軍基地へ向かうようセットします」

「いや、駄目だ。五分にしてくれ。もし、五〇ノットも出している最中に殺られては、どうしようも無いがね」

斗南無とラッツィ少佐は、山道を下るモルゾフのポンコツ・トラックの中で、マイクロSATでそれを聞かされた。

「ガス？　具合は？……」

斗南無は思わず様態を尋ねた。

「なんとなく動悸がするよ。あんたは？」

「腹が減った。それに、腸が煮えくり返ってる。ライトニングが何を作っているのか、せめて教えてくれれば……」

「アルバミが使ったのかい？」

モルゾフが尋ねた。

「そうとしか考えられない。それなら、納得できるじゃないか。奴がこれまで、反撃らしい反撃をしなかったことが。これを待っていたんだ。モルゾフ、当分、ロシア軍には近寄らない方がいい。グロズヌイにも」

「なんでそんな物騒なものを……」

冷戦終了後、何かもルールが変わっちまった……。それがモルゾフの感想だった。


ドグシェント将軍は、また夜中にたたき起こされた。

基地の一つとはまったく連絡が取れず、その隣の基地は、化学兵器の攻撃を受けたと喚いている。

ドグシェントは、一階の通信センターで、通信兵をどやしつけた。

「この中隊長の声はなんだ⁉　ガスマスクをした声じゃないだろう？　バカもんが……。化学兵器攻撃を受けたと訴えている奴が、マスクも無しにピンシャン喋るなんてことができるもんか？　おおかた、若い連中が、女っ気が無いもんだから鼻血でも出したんだろう。千切った新聞紙を突っ込んでろと命じよ」

「グルジア外務省のトリスポイ外務次官からのお電話です」

「なんだ？　トリスポイ⁉　今忙しいんだ……。巡航ミサイル？　ぼけたことを言うな。こっちはそれどころじゃないんだ。ただの爆弾に決まっている。犯行声明なんかまともに信じるなよ。朝になって破片をかき集めれば解ることだ。後でかけ直す――」

将軍は一方的に電話を切った。

「将軍、アメリカ軍の将軍より、国際電話です」

「アメリカ陸軍のジョナサン・ハワード・グローリア少将だと名乗っています」

「誰だって⁉」

「米軍に知り合いなんぞおらんぞ……」

ドグシェント将軍は、ぶつぶつ漏らしながら受話器を取った。

「誰だ⁉　この忙しい時にふざけている奴は？」

電話口の向こうで何やら通訳する声が聞こえた。

「ああ、将軍、ドグシェント中将。こちらは合衆国陸軍少将のグローリアであります。ジョークではありません。もし通訳が必要でしたら、そうしますが？」

「その必要は無い。何の用事かね？」

「朝、そちらへお伺いした、ラッツィ少佐は私の部下で、今現在、人質の解放作戦を行っているのも、私の部下です」

「なるほど。それは失礼した」

「単刀直入に申しますが閣下。閣下の部隊と連絡が取れないのは、部隊が全滅したか、あるいは全滅しつつあるからです。貴方の部隊は、中性子爆弾、超小型のです――。中性子爆弾の攻撃を受けつつあります」

「何だって⁉」

「アメリカ人の核物理学者を捜してそちらに入った国連スタッフがいたはずですが、彼が捜していた学者というのは、その小型の中性子爆弾に関する権威でした。ダゲスタン独立を目指すビジネスマン、ご存じですね。ハッサム・シャミールです。彼に雇われて、そちらで爆弾を完成したものと思われます」

「そんな⁉……。中性子爆弾だなんて防ぎようが無いじゃないか？」

「今、我が軍の作戦機が、カスピ海上空を旋回中です。それは、いわゆるＥＭＰ弾を搭載しており、まもなくグロズヌイ上空へ向けて発射する予定です。ＥＭＰ弾のことはご存じですね？　電磁パルス効果のことは？」

「ああ、知っている。ラジオも電気もおじゃんになる。そんなので確実性があるのかね？」

「ええ。起爆システムに、極めて精密な半導体製品が必要です。恐らく、それを電磁パルス効果でインパルス・キルできるものと踏んでます。爆発まで、あと二〇分しかありません。グロズヌイから半径一〇〇キロ以内を飛ぶ航空機を地上に降ろし、無線機や発電機をシールドされた部屋に隠して下さい」

「シールドと言ったって、君……」

「では、幸運を祈っております。閣下」

ドクシェントは、受話器を投げつけたい気分だった。

「EMP波に備えろ。まず、飛行中の航空機を直ちに降ろせ。燃料があるものは、ダゲスタンへと向かわせろ。二〇分しかない。無線機、発電機はシールド・ルームだ！」

「シールド・ルームって、将軍……」

「だから、発電機とか、でかいものは半導体部分のパネルだけ外して、弁当箱にでも入れて塹壕に埋めておけばいい。無線機は、ビニール袋に入れて、水を張った鍋の底に沈めておけ」

「はあ……」

誰一人、きょとんとして動こうとしなかった。

「何をボサッとしている！　さっさとやらんか！」

ドグシェントは、自分がビニール袋に収まって、水瓶に隠れたい気分だった。

オスプレイは、高度一五〇〇メートル地帯を、対地高度三〇〇メートルで水平飛行した。

ＥＭＰ攻撃の余波が、ここまで届かないことを祈るしかなかった。コマンドたちのウォーキートーキーが使えなくなったら、作戦はおじゃんになる。

ハウンゼン少佐は、パラシュートを背負った男たちの先頭に立っていた。

ＬＡＬＯ、低高度降下低空開傘による降下だ。

「よし、行くぞ野郎共。五分以内に集合しない者は置いていく。レッツゴー！」

二人一組で、次々と飛び降りて行く。最後の二人が飛び降りるまで、オスプレイは七〇〇メートルも飛んでいた。

ロックウェル大尉は、後ろを振り返り、誰もいないのを確認すると、後部ドアを閉じ、左翼へとバンクした。

「できるだけ高度を落とし、ガスを迎えに行きましょう」

オスプレイは、更に高度を落とし、地を這うように飛び始めた。

少しでも、中性子爆弾の影響から逃れるためだった。

アルバミは、二個小隊のゲリラを連れて、ロシア軍の陣地へと入った。正面の道路から、堂々と入った。

まず目についたのは、路上にばったりと倒れている歩哨だった。口に煙草をくわえたままの兵士もいる。

倒れた後、煙草は全部燃え、燃え滓がきちんと路上に残っていた。

軍用犬も、その横で倒れていた。ヘリコプターのパイロットは、ベルトを着けようとしたのか、ベルトに手をやったまま死んでいた。

陣地の天幕の中では、キャンバス地のベッドに横になったままの指揮官と思しき少佐が、毛布を被って死んでいた。

通信兵は、一服していたのか、無線機の前に突っ伏したまま、紅茶が入ったコップを右手に持っていた。

アルバミは、部下たちに、まずありったけの武器弾薬をかき集めるよう命じると、天幕の下でランプを灯し、敵の作戦図を検討した。

地図に、赤いマジックで囲まれたエリアがあった。カズベク山の、北から東側斜面の広大なエリアだ。

だが、チェチェン・ゲリラが展開しているエリアではない。それはもっと西の、グルジア側だった。

あの噂は、本当だったかも知れないと思った。金か、何かの鉱脈が出て、ロシア軍はそれを狙っているという噂があった。

だが、これでその代償が高く付くことが解っただろう。

アルバミは、動ける戦車には、燃料と弾薬を満載し、陣地を後にした。もちろん、死体にブービー・トラップを仕掛けるのを忘れなかった。
連中が、この死体を回収し終えるには、たぶん一週間かそこいらは掛かるはずだった。

第八章　ミスト

ＳＨＡＤＷが旋回に入ると、メトカーフ少佐は、宇宙服の機密を確認し、ミサイルを引っぱり出すためのドローグ・シュートの塊を右手に持った。

命綱が、彼の身体を三方から固定していた。すでに減圧は終わり、キャビンはすっかり凍り付いていた。

この高度でもし宇宙服を脱げば、彼の命は二分とは持たないはずだ。依然として、生命の存在を許さない高度だった。

「一〇秒前、９、８……」

この投下方法は改善する余地があるなと思った。こんな高高度で発射することは想定していなかった。

「３、２、１、ゴー！」

少佐は、バスケット・ボール大のドローグ・シュートを思い切り機外へと投げた。

パラシュートが開いてミサイル・コンテナが機外へ引っぱり出されると、その三〇秒後にコンテナが分解し、中から滑り出したミサイルが、発射ブースターに点火して目標に向かうはずだった。

ＥＭＰ弾が、グロズヌイ上空一万五〇〇〇メートルで爆発した瞬間、真夜中に一瞬太陽が出現したようだった。

もともと停電が長く続いていたグロズヌイでは、西側製の新しいラジオが壊れたぐらいで、さしたる影響は無かった。


チームＳＨＡＤＷが配置に就いた時、辺りは靄に包まれつつあった。

反対側の崖には、予定の半分の六名を配置するのが精一杯だった。彼らが崖を登り切った直後、犬を連れた斥候が通りかかった。

彼らを誤魔化すための、嗅覚を麻痺させる化学薬品が，少量散布してあった。

オスプレイは、カズベク山の麓を超低空で飛び、斗南無らを回収した。

ボイヤント・スリングで回収する寸前、斗南無は、モルゾフと抱き合って礼を述べた。

「状況に変化があったら、また連絡する」

「ああ。バニッツァをよろしくな」

ロックウェル大尉は、暗視ゴーグルを被ったまま、汗だくで操縦していた。

「急いで頂戴！　無理な飛行をして、燃料が心配です」

オスプレイは、二人を回収すると、再び右へ左へと翼を振りながら南へと向かった。

後に、斗南無は、「殺されるかと思った」と、その無茶な操縦を罵った。

ロシア艦隊の下にいるのは間違い無いと思ったが、そのまま分け入って行くには、いろいろと無理があった。

片瀬艦長は、正体を明かすべきかなと判断した。

艦長は、ＣＩＳルームから、格納庫のハリアーのステアー少佐を呼び出した。

「少佐、準備はいいかね？」

「ああ、いつでもどうぞ」

「ロシア海軍に、名乗りを上げて、堂々と潜水艦狩りを始めようと思う」

「それがいいだろう。相手が核を積んでいるとあっては、そう我慢もできない」

「うん。コマンチに続いて離陸してくれ」

艦長は、まず、レーダーフレクターを船体側面に取り付けさせ、カメレオン・システムを、タイコンデロガ級イージス艦に装うよう命じた。

「対空レーダー、対艦レーダー、ソナーを除く全てのアクティブ・センサーをウェイクアップせよ。ロシア艦隊に通信を送れ。われアメリカ海軍巡洋艦ヴェラ・ガルフ。現在、〝オセティア〟を捜索中。敵では無いと……。〝オセティア〟は、中性子爆弾装備のミサイルを装備している可能性がある。密集隊形を取らず、各艦の距離を五〇〇

○メートル以上離せとな」
実際のヴェラ・ガルフは、彼らの後方三〇〇キロにいた。

ロシア海軍部隊を率いるヨーゼフ・トポライ少将は、度肝を抜かれた。

自らネウストラシムイ級フリゲイト〝ソチ〟のブリッジで、レーダー・コンソールに歩み寄り、その目標を覗き見た。

「そんな馬鹿な……。二〇キロも接近していて、どうしてこんなでかいフネがレーダーに映らなかったんだ⁉　各艦の幅を広げよ！　中性子爆弾だなんて冗談じゃない！」

艦隊が、バラバラに行動し始めた。

〝オセティア〟の艦内でも、海上の様子が変なことに気づき始めた。

「われわれを見つけたのかな……」

ドミトリィ・アバスナミ艦長は、急激に回頭を始めたSES船のマークをチャート上でコツコツ叩きながら首を傾げた。

「おかしいですね。目標を探しているというより、逃げ回っているような感じです」

副長のバンデ・グミスク少佐が言った。

「われわれが何を持っているか、連中も知ったというわけだ。すると、チェチェンの作戦は成功したんだな」

「彼らを遠ざけるには、一隻ぐらい牽制しておくのも手です」

「そうだな。一番には何が入っている？」

「一番、二番にシルクワームが」

「まあ、どうせロシア艦だ。その程度でいいだろう。このSES船と、こっちの警備艇を撃破しろ」

「了解です」

中国製のシルクワーム・ミサイルが、海面を突き破って出た時、シーデビルは、三〇キロほど南にいた。

「ものは何だ？」

「速度、高度からすると……、シルクワームのタイプのようですね。SESをターゲットしてます」

「妨害は可能か？」

「ここからでは……」

ダーガシュ型SES哨戒艇が、ミサイルの炎に気付き、速度を上げて逃げ始める。たちまち四〇ノットに達したが、ミサイルのスピードの方が遥かに速かった。

だが、SES船の艦長も無能では無かった。命中する寸前に舵を切った。

ミサイルは、SES船の右舷三〇メートルに突っ込んで爆発した。

「ほう……、やるじゃないか。ロシアも」

「周辺のフリゲイト艦が、アクティブ捜索に入ります！」

　ソナーマンが報告する。〝ソチ〟が、アクティブ・ソナーによる捜索を開始した。

「こちらブリッジ、コマンチ、ハリアーの発艦を許可する」

「二発目来ます！　本艦左舷の警備艇が目標の模様」

「撃墜せよ！　スタンダードで叩き落とせ！」

　シーデビルの後部ＶＬＳ発射機より、スタンダード対空ミサイルが垂直発射され、ミサイルの軸線上へと向かっていく。

　二発のミサイルが交差した瞬間、スタンダードの弾頭が爆発して、はでな火球が海面を照らした。

「この隙だ。コマンチとハリアーを上げろ！」

　ハリアーが、シーデビルの船体に爆風を叩き付けて離艦する振動は、海中まで届き、〝オセティア〟に新たな目標の出現を教えた。


　オスプレイは、カスピ海上空へ向けてぐんぐん上昇中だった。

　ＳＨＡＤＷとランデブーし、ＳＨＡＤＷがオスプレイ用に蓄えている僅かなＪＰ－４Ａの燃料補給を受けるためだった。これで、もう二時間程度は余計に飛べるはずだった。

ＳＨＡＤＷが翼端灯を灯してオスプレイを導く。ＳＨＡＤＷにとって、一万メートル以下の高度に降りるのは、危険なことだった。スクラムジェット・エンジンは、低空低速域での使用には無理がある。

オスプレイは、ぎりぎり出せる限界のスピード、逆にＳＨＡＤＷは、落とせるぎりぎりの高度と速度で飛んでいた。

ＳＨＡＤＷから給油ブームが延びて来ると、ロックウェル大尉は、一発でプローヴをドッキングさせた。

「ご機嫌よう、諸君。地上の様子はどうだい？」

ガストン大佐は、陽気に語りかけて来た。

「あまり考えたくないな。グロズヌイはどうです？」

と、ラッツィ少佐が応じた。

「近寄りたくない。暗い夜道はご免だからな。われわれは、状況が落ち着くまで、しばらくここに留まる。少なくとも、ロシア軍が撤退を決意しないとな。君たちの作戦が全て終了したら、残りのＥＭＰ弾を、カズベク山周辺に撃ち込んで、帰るよ」

「黒海は避けて下さい。シーデビルがいますから」

「ああ。影響範囲内に入らないよう注意するよ」

給油が終了すると、ロックウェル大尉は、挨拶も無しに、機体を捻り、救出ポイント目指して、ダイビングするように急激な降下に入った。

ハウンゼン少佐は、がれ場の景色を眺めながら、とんでもない作戦名だったなと思った。靄が、まるで、そこが通り道だといわんばかりの勢いで流れていく。

ボスニアで遭遇した、豆スープのような靄だった。

目の前に、ガストラを先頭にしたゲリラと、担架を背負って歩く人質の集団がいた。

「オールハンド、そのまま聞いてくれ。残念だが、ここでやるしかない。目標を確認できない場合は、無理に撃つな。人数割りは、事前の通り、斥候の報告では、隊列にさしたる変更は無い」

ハウンゼン少佐は、単眼鏡で、ガストラの顔を見た。時々、背後を気ぜわしく振り返っている。

斥候の報告では、軍用犬を連れたロシア軍の追跡部隊が迫っているとのことだった。確かに、犬の吠え声がこだましていた。

幸いなことに、彼らの神経は、後方に集中し、周囲にはまったく向けられていなかった。

ハウンゼン少佐は、左手を見て舌打ちした。靄は、晴れる気配はまったく無かった。すでに、ガストラは、目前を五〇メートルほど通り過ぎていた。

「全員、射撃用意！　五、四、三、二、一、撃て！」

三〇丁を超えるＭＰ５ＳＤ３、Ｍ16アサルトが一斉に火を吹いた。

イゴーリは、何が起こったのか一瞬解らなかった。

突然、ガストラが震えて前のめりに倒れた。気が付くと、彼の周りにいた五、六名のゲリラが、皆倒れていた。

バニッツァ中佐は、一発目が、前を歩いていたゲリラを倒した瞬間、腰を低く落とした。二発目が来た時には、声を上げて「伏せろ！」と叫んだ。

顔面を靄が覆う。靄の中に入っていたゲリラたちは、あいにくと、バニッツァのその怒鳴り声に呼応してしまった。その場に伏せて、取りあえず三発目をかわそうとした。

バニッツァは、担架を地面に降ろすと、腰を下げながら前へ駆け出た。

地面に伏せ、辺りを窺っているゲリラの背後から近づくと、ゲリラの腰からバヨネットを抜き、髪を引っ張り、首を掻き切った。

その兵士のカラシニコフを奪うと、また人質の列に戻り、今度は、反対側で伏せていたゲリラに、三発浴びせ掛けた。

それが、最後の生き残りだった。

ハウンゼン少佐は、ロシア語でもって、「伏せろ！　伏せろ！　動くな！」と怒鳴りながら、駆け出てきた。

倒したゲリラたちには、念のため、もう一発ずつお見舞いした。こういう状況で、敵の安否を云々言っている余裕は無かった。

「バニッツァ中佐は何処です⁉」

「ここだ！　ハウンゼン」

バニッツァは、地面に伏せたまま、右手を上げた。

「遅くなりまして中佐」

バニッツァがよれよれになりながら立ち上がると、ハウンゼン少佐は畏まった敬礼をした。

「まったくだ……。だがご苦労だった。心配を掛けた。オスプレイは何処だ？」

「こちらへ向かっています。衛生兵！」

「ＳＨＡＤＷで運んでくれるのか？」

「いえ、残念ながら、ＳＨＡＤＷはしばらくここに留まる必要があり、それは出来ません。黒海に、海軍の巡洋艦が入ってます。最高の外科スタッフが待機しています。一時間で着けるはずです」

「解った。急いでくれ」

オスプレイが着陸する頃には、すでにチェルナビン中尉率いる追撃部隊が到着していた。

ロックウェル大尉は、ひとまず部隊の半分と、バニッツァ中佐、アナスタシアを収容して、イージス巡洋艦〝ヴェラ・ガルフ〟へと向かった。

すんでの所で、アナスタシアは救われようとしていた。


コマンチが対潜装備で離陸すると、ロシア艦隊のど真ん中へ、容赦なくアクティブ・ソノブイを投下した。

パッシブ・ソノブイを展開し終わる頃には、〝オセティア〟が艦首をシーデビルへ向けていることが解った。

〝オセティア〟のアバスナミ艦長は、いったい何だ？　と思った。

「空母でも無い。駆逐艦がハリアーを搭載しているか？」

「あの振動音がハリアーのものであることは疑いようがありません」

「一番、二番にシルクワーム、三番、四番に航跡追尾魚雷《ウェーキ・ホーミング》を。信じられない。推進機音がほとんど聞こえないのに」

シーデビルのＣＩＣルームも忙しくなった。

「敵艦、まっすぐこちらへ向かっています」

「対空監視怠るな。主砲に調整破片弾装填」

「ハリアーが軸線上に入ろうとしています」

「こちらに構うなと伝えろ。ロシア艦隊を守らせろ！」

「来ます！　発射音探知。全部水上へ向かってます」

しばらくすると、二つの目標が空中に出現した。

「シルクワーム本艦へ！」

「射程距離に入り次第、まず主砲で迎撃。針路、速度このままだ」

「続いて二発……。これらは……、ウェーキ・ホーミングです！」

「落ち着け、こっちはまだ余裕がある」

シルクワームの軸線上に、オットーメララ一二七ミリ単装砲が連続発射される。シルクワーム二発は、僅か四斉射で二発とも海面に叩き落とされた。

「よし、敵魚雷は？」

「三五ノットより、更に雷速を上げつつあり。距離七万メートル」

「よし、どうせそんなには走れないはずだ。あとせいぜい一〇万がいいところだろう。舵を切れ、取り舵いっぱい、針路２‐１‐０　回頭終了後、速度一杯に上げる」

シーデビルは、回頭しながら徐々にスピードを上げ始めた。

ハリアーのステアー少佐は、上空から暗視映像にシーデビルを映した。すでに、シーデビルのスピードは四五ノットに達していた。

ステアーは、思わず、「化け物かよ……」と呟いた。

フリゲイト艦〝ソチ〟のブリッジでも、ポルク艦長と、トポライ提督が、レーダー映像を凝視しながら、口をポカンと開けて、その目標を追っていた。レーダーが一周スイープするたびに、もう次のエリアへ飛んでいた。

「ば、化け物か⁉……、このイージス艦は」

「ミサイルをフネと勘違いして映しているんじゃないのか⁉」

魚雷は、ほんの五万メートル、シーデビルが残した航跡を追っただけで、燃料切れで海中へと沈んでいった。

「〝オセティア〟を撃沈せよ！　奴はわれわれの手で沈めるぞ」

トポライ提督は、檄《げき》を飛ばした。

アバスナミ艦長は、やむなく緊急の課題に取り組むことにした。まず、自分たちの真上にいる対潜ヘリを黙らせることが必要だった。そして、これから襲ってくるであろう、対潜ミサイルを、できれば空中にいる間に叩き落とす必要があった。

「武器庫艦の、武器庫艦たる所以を見せてやろうじゃないか。全タンク・ブロー。本艦は、敵を撃破するまでは、もう潜らないぞ」

コマンチの脇村は、〝オセティア〟が浮上してくる様子をいち早く促えた。

「〝オセティア〟が浮上するぞ！　逃げろ！」

「逃げろったって、これさあ、ヘリなんだよ」

荒川機長が鷹揚に答えた。

ハリアーが横から突っ込んでくる。

「援護するぞ」

「駄目です。敵は個艦防御用の対空ミサイルも装備しているはずです。六〇〇〇メートル以内に近づかないで下さい！」

コマンチが急上昇して現場を離れる。代わってロシアのヘリックス・ヘリが接近して来た。

「止めりゃあいいのに……」

海上に飛び出した一〇秒後には、〝オセティア〟は個艦防御用のSA－N－8グレムリンを発射していた。

グレムリンは、一直線に、ヘリックスへ向かい、今しも魚雷を投下しようとしていたヘリを撃墜した。

ロシア艦から、一斉に対潜ミサイルが発射される。

〝オセティア〟は、その一発一発を、艦隊防空用ミサイルで叩き落とした。

「ちらがあかないじゃないか……」

ステアー少佐は、エクスペンダブルECMミサイルの発射用意をした。目標は、ロシア艦ではなく、〝オセティア〟の前方上空。ミサイルのシーカーが、〝オセティア〟の対空レーダーの周波数を分析し、その波長に合わせたサイズにアルミ箔のチャフを切り刻んでばらまくのだ。

ステアー少佐は、〝オセティア〟の後方に回り込み、前方三〇〇〇メートル、高度一〇〇メートルに、まず一発を発射した。

発射されたECMミサイルは、飛行中にアルミ箔を切り刻み、〝オセティア〟の上空でそれを放出するはずだったが、その前に対空ミサイルで叩き落とされてしまった。だが、そのお陰で、爆発したミサイルから、チャフが空中にばらまかれた。

ステアー少佐は、その雲越しに二発目を撃った。

アバスナミ艦長は、それがチャフ・ミサイルだと解った瞬間、針路と、レーダーの周波数を変えさせた。

ウェーキ・ホーミング魚雷をかわしたシーデビルは、〝オセティア〟の背後から、四〇ノットで接近しつつあった。

「凄いもんだな……」

片瀬艦長は、その闘いを見物しながら呟いた。

「たぶん、ロシアの軍艦が搭載している対艦対潜ミサイルの数より、〝オセティア〟の対抗兵器の数の方が多いぞ……。敵の司令塔を狙う。主砲に徹甲弾装填。連続発射だ」

　アバスナミ艦長は、夜間用のペリスコープに、その陽炎のような船体を捉えた。

「四〇ノット超のスピードです！」

「対艦ミサイルは？」

「いえ、あのフネからのものはありません！」

　ミサイル切れに陥った〝ソチ〟が主砲を発射し始めた。まだ距離があるせいで、全く命中する気配は無かったが。

「潜りますか？」

「奴の正体を見極めてからだ」

「危険です！」

　ペリスコープの中で、主砲がパッと瞬いた。

「取り舵二〇！」

　だが、舵が効いてくる前に、シーデビルの初弾は、〝オセティア〟の司令塔ブリッジを真上から直撃した。潜望鏡や、レーダー、〝オセティア〟の海上での眼となり、耳となるセンサー類をごっそり持っていった。

「潜航！　潜航！　急速潜航！」

「しかし……」

副長が、危険だと抗議した。

だが、艦長には、その抗議を制する暇は無かった。シーデビルが放った二発目が、前部デッキに落下し、トマホークスキーのＶＬＳ発射基を破壊した。船体は、胴体中央で大爆発を起こし、高さ二〇〇メートルにも達する火柱を上げて、僅か十数秒で海中へと没した。

アバスナミ艦長は、最期の瞬間まで、「あれは何だったんだ……」と呟いていた。

ライトニングことロストウ博士は、研究室で、ビーカーを握ったまま爆風に吹き飛ばされ、粉々になって死んだ。

夜明け前、オスプレイがイージス巡洋艦から飛び立ち、チームＳＨＡＤＷの残りのメンバーを拾ってシーデビルに帰還する頃には、もう朝焼けが始まっていた。

ＳＨＡＤＷは、残り三発のＥＭＰ弾を、カズベク山周辺に投下し、この辺りに展開していたゲリラの電気製品を、ことごとく使い物にならなくした。

〝ソチ〟に座乗するトポライ提督は、艦のウイングに出て、高空を飛ぶ奇妙な飛行物体を見上げた。しばらく寄り添うように飛んでいたハリアー戦闘機が、遥か低空を飛ぶオスプレイ目掛けて降りてくる。

目の前には、相変わらず陽炎のようにしか見えないイージス巡洋艦がいた。

「艦長、あの飛行機は何だと思う？」

「何かその……、気のせいだと思います。きっと、コンコルドか何かを、米軍が借り受けて使ったのではないかと……」

　ポルク艦長は、信じたくないという感じだった。

「そ、そうだな……。そうだろうな。それに、海面の状況も良くない。放射能汚染の心配もあるし、いったんこの海域から離脱した方がいいだろう。しばらく、全ての艦の乗組員に、外へ出るな、外を見るなと命じた方がいいだろう」

　オスプレイに続いて、ハリアーが着艦して来る頃には、朝日がシーデビルの優美な船体を赤く染めていた。

　ステアー少佐は、格納庫へハリアーを降ろすと、ぐったりした表情でオスプレイから降りてくるロックウェル大尉を出迎えた。

「元気が無いな、ミドリ」

「私たちの任務は片づいたかも知れないけれど、ここの問題が片づいたわけじゃありませんからね」

「マッサージでもしてやろうか？」

「後でね、スティーブ」

　ミドリは、無理に笑顔を作った。

「まあ、任務をやり遂げたことには違いないもの。暇があったら、イスタンブールへでも飛んで、一日ぐらいゆっくりしてもいいわよね」

「俺には、ベッドに君がいてくれれば何も要らないよ」

ステアーは、ミドリの腰に、優しく手を回した。それを拒むほどの気力は、今の彼女には無かった。

シーデビルは、放射能汚染に備えて、徐々に西へと待避しつつあった。

ここに、メナハム・メイヤは、シーデビルへ電報を送り、全ての任務の完了を宣言した。ただし、彼らの労をねぎらう言葉は無かった。

エピローグ

【モスクワ郊外　タマンスカヤ師団】

ハッサム・シャミールは、マハチカラでの峰起に失敗したものの、再び地下へ潜り、再起のチャンスを窺っていた。

ロシア軍は、思いがけずもイマム・アルバミ逮捕に成功し、カズベク山周辺の防備を更に強固なものにしつつあったが、それが一時の平和に過ぎないことは、皆が知っていた。

この辺りに金鉱脈があるという情報は、幸いにも、まだ表沙汰にはなっていなかった。

アレクセイ・ニコライビッチ・バニッツァ中佐は、窓に鉄格子が入った粗末な取調室に通された。

イマム・アルバミは、彼が逮捕された時より、ほんの僅かだが、肉付きが良くなったという話だった。

バニッツァは、「やあ……」と声を掛けながら、スチール製のテーブルの向かいに座り、フランス製のジタンとライターをアルバミに差し出した。

アルバミは、一本抜き出すと、火を点けて、深々と、うまそうに煙りを吸い込んだ。

「お前は止めたんだって？　煙草……」

「ああ。西側は、この頃煙草に不寛容でね」

「そうだな……」

「誰に売られたか、聞いたか？」

「いや。だが見当は付いている」

アルバミは、キズリャル近郊の隠れ家で寝ている所を急襲されたのだった。銃を手にする暇もなかった。

「モルゾフだろう？」

「ああ……」

「奴に伝えてくれ。感謝していると」

「なぜ？」

「あのまま俺がチェチェンにいても、ガストラを売った男として、部下か、あるいは別のゲリラ組織に狙われて、裏切り者として惨めな最期を迎えていただろう。モルゾフは、そうなる前に、チェチェンの英雄としてロシア軍に殺された方が、俺のため、チェチェンのためだと考えたんだ」

「らしいな……。君は、イマーム・シャミールに並ぶ英雄としてチェチェンの民衆に記憶されるだろう」

一九世紀、チェチェン、ダゲスタンを舞台にロシアと戦った英雄の名だった。

「革命には、殉教者が必要だからな……」

「昨日、アナスタシアが退院したよ。腎臓をひとつ取ったが、ピンシャンしている。またメモリアルの仕事に帰るそうだ」

「ああ、彼女にお似合いの仕事だと思うよ」

話のネタはあっという間に尽き、バニッツァは、俯き加減になった。

「……こんな結果になって、残念だ」

「お前が、チェチェン人だったら、俺と同じことをして、たぶん、同じ結果になっただろう」

「ひとつ……、解らないことがある。なぜ、俺を助けようとしたんだ？　あの時点で、アナスタシアが助かる可能性は、万に一つも無かった。ほとんど死にかけていたのに。君はそれが解っていたはずだ」

アルバミは、二本目に火を点けながら、ニヤリと笑った。

「あの日本人の眼がそうさせたんだ。俺が協力できないと言った時、あの日本人の後ろで、アメリカ人の眼が、あと一押しだとプレッシャーを掛けていた。あとほんの一押しで、この男はこっちの味方になって協力すると言っていた。だが、彼はそうしなかった。解りました……。それが奴の返事だった。あの時、彼は俺たちと同じ眼をしていた。俺たち同様、何かを失った眼をしていたんだ。たぶん、俺たちと、同じような目に遭ったことがあるんだろう。だからさ……。俺のプライドがそうさせたんだろうな。あの男の情けに報いるべきだと思った。別にお前を助けようと思ったわけじゃない……」

「そうか」

警備兵がドアをノックし、時間だと告げた。夕陽が、鉄格子の向こうから差し込み、アルバミの頬を照らしていた。

「何か、遺品があったら、チェチェンに届けるよ」

「よしてくれ」

アルバミは、唇の端を上げて笑った。

「そういう柄じゃない。そうだな……、灰を一握り、英雄墓地の、アリョーシャの墓の隣に蒔いてくれ。それぐらいの特権はあっていいだろう？　先に逝く者として――」

「ああ、約束する」

バニッツァは、腰を上げてドアを開いた。

「アレク……」

アルバミが、その背中に呼び掛けた。

「君の判断は正しかった。アリョーシャの判断もな。同胞を見捨てるべきじゃなかった。われわれは正しいことをしたんだ」

バニッツァは、今にも心臓が張り裂けそうだった。

「もう済んだことだ――」

バニッツァは、振り向かずに答えた。


斗南無は、タマンスカヤ師団の正門ゲートで、練兵場からとぼとぼと歩いてくるバニッツァを待っていた。

時計を見ると、午後五時が迫っていた。チェチェンを刺激したくないという理由で、アルバミの銃殺刑は、刑場ではなく、この軍事基地内でひっそりと行われることになっていた。

二人は、しばらく無言のまま、基地のフェンスに沿って歩いた。五時のサイレンに合わせて、遠くで甲高い銃声が響いた。

バニッツァは、その瞬間、全身を震わせて立ち止まった。

「飲みにでも行くか?……」

「ああ……。豚の餌のようなひどい食い物しか出さないが、まともなウォッカを出すバーを知っている」

「そりゃいい。闇ウォッカで死人が出る国じゃ、まともな酒を手に入れるのも一苦労だからな。あんたが潰れるまで付き合うよ」

バニッツァは、無言で頷いた。涙が、頰を伝っていた。